下田

Go to the Field

写给城市的稻米书

周华诚 著

生活·讀書·新知 三联书店 生活書店出版有限公司

图书在版编目（CIP）数据

下田：写给城市的稻米书 / 周华诚著 . — 北京：
生活书店出版有限公司，2015.11
ISBN 978-7-80768-097-0

Ⅰ . ①下…　Ⅱ . ①周…　Ⅲ . ①散文集－中国－当代
Ⅳ . ① I267

中国版本图书馆 CIP 数据核字 (2015) 第 127510 号

责任编辑　石延平
装帧设计　hanyindesign
版式设计　罗　洪
责任印制　常宁强

出版发行　生活書店出版有限公司
（北京市东城区美术馆东街22号）
邮　　编　100010
印　　刷　鸿博昊天科技有限公司
版　　次　2015年11月北京第1版
2015年11月北京第1次印刷
开　　本　850毫米×1168毫米 1/32　印张5.75
印　　数　0,001—10,000册
字　　数　124千字　图133幅
定　　价　39.00元
（印装查询：010-64002717；邮购查询：010-84010542）

目 录

父亲的水稻田

农耕时代少不了牛，牛相伴农民走过了几千年，如今正渐渐从农村消失。

序　曲

陌生人

腊月廿八日，寒风凛冽，村道中来来往往置办年货的人。父亲用摩托车带着我，去探访村庄中最后的犁田佬。

我不记得多久没在父亲的摩托车后面坐过了。

早年是机耕路，现在都是平坦的水泥路。路面弯弯曲曲，在两山之间延伸。山风虽寒，却是极清新：山野的风，与城市中的雾霾是全然不一样的。

摩托车一路向前，我与父亲有一句没一句地说话。

路边的人，不时和父亲打招呼。第一句，去哪儿啊？

第二句，这是你崽啊？

父亲说，是哎。

你崽这么大了啊。很多年没有看见了，完全认不着了啊。

父亲说，是啊，一直在外面上学，你们是认不着了。

他们又问，是在杭州上班么？

父亲说，是啊。

我就想起，好像童年时候，父亲把我带出去做客、拜年的情形。也是这样认人，叫这个叔叔，叫那个伯伯。而现在，那些叔叔伯伯面孔依旧是陌生的。

我离开村庄实在多年。乡村风景，及小时候熟悉的草木，已然变了模样。村道上来来往往的人，更也是变了模样。

过了一会儿，父亲扭头问我说，刚才，路上有个人骑车过去，是你小学同学。你不认得了么?

我说，哪个?

父亲说了一个名字。我绞尽脑汁，都没有想起来。

问　耕

这是2013年的冬天。

我在兜里揣了一包烟，去寻找村中的耕田佬。

这个叫五联的村庄，是浙江与江西交界的常山县天马镇的一个行政村。天马镇，现在叫天马街道。为什么要叫街道，我一直没有弄清。我们这里，只有田野与村庄，没有街道，却要叫作街道，匪夷所思。

这几年，令人匪夷所思的事情很多，这算是一件小事。村民倒是没有什么意见。在我上初中的时候，我们那个乡，叫作钳口乡。我到杭州上中专的时候，依然叫作钳口乡，可是后来不知什么时候，乡镇就撤并了。钳口乡就没有了，附近的二都桥乡也没有了，统一并进了天马镇。

再后来不知什么时候，山水还是那样的山水，天马镇却又改作了天马街道。

对此，我的理解是，上头领导表达了他们想让村庄变成城市的迫切心情。

此刻，我的眼前是一片稻田。这里的田畈规模不像平原地区那样辽远阔大，但是一丘丘水田高低错落，间杂有致，是典型丘陵地区的农业样貌。不远处，两条溪流在此汇合，环绕着田畈与村庄。

我把它叫作：桃花溪。

我们这里的农民，历来是以种田为业，20世纪90年代前还没有人外出务工。全村拥有一千多亩农田和六七十头耕牛。

可是现在，连牛的影子都难以见到了。

应中良，从十八岁开始扶犁耕田，终于在2013年的冬天，放弃了他操持一辈子的手艺。

我去他家中时，才知道这个六十五岁的犁田佬，刚刚卖掉了他的四头耕牛。留下的几件家什，犁、耙、耖，被堆弃在空置的牛栏里，已经积上了一层灰。

他把犁、耙、耖从杂物间里搬出来，搬到门前明亮的地方。我拿起相机，为他和犁具拍了一张照片。

从分田到户开始，一年又一年，应中良是村庄里种田农户最缺不得的人：从每年3月尾巴上，准备打秧田开始，他就要赶着他的牛，在一丘又一丘水田里来来往往。犁田，耙田，耖田，人牛密切合作，共同把一百多亩稻田深翻细耕、耙碎整平。人和牛的日子总是排得满满的。一直要到农历六月，才能有稍事喘息的时间。

像应中良这样的犁田佬，那时有四五十人。

最辉煌的时候，应中良养了六头牛，上过我们县电视台的新闻节目。

在我家边上，还有一个外号叫“老虎”的村民，曾经也是一个耕田佬。他头戴斗笠，身着蓑衣，肩负犁铧，与大牛小牛一起，行走在烟雨朦胧的田间小道上。

这是我记忆中，最唐诗的意境。

可惜，这样的场景，现在已经从这个村庄消失了。

应中良说，我吃不消犁田了，脚疼，这把年纪体力也不行了。

那么，还有谁，能扛得动这一副沉沉的犁耙？

应中良说，我吃不消犁田了，脚疼，这把年纪体力也不行了。

耕田佬

三里路外。我和父亲找到了马岳云家。

看到我们时，马岳云的父亲，那位年事已高、听力几近丧失、正靠在门前晒太阳的老人，脸上写满了惊讶。

老人叫马如德，已经八十岁。

在分田到户之前，马如德当了几十年的生产队队长。

我想象不出，这个腰身都已经弯了的老人，当初犁田时是怎样的一把好手？

他的儿子马岳云，这会儿正在地头做事。有人去叫他。过了一会儿，马岳云就扛着锄头回来了。

“太辛苦了，又赚不到钱。连田都没有人种，还要犁田佬干什么？”

五十五岁的马岳云向我抱怨他的工作没有价值。他也想不到会有人对他犁田的事感兴趣，并且还来采访他。

这是一个中年汉子，有一张因长年劳作而被晒黑的面孔。他脸上的皱纹也已很深。我给他递烟。

马岳云说，现如今，只要有点本事、有点力气，人都情愿进城去打工，就算是做粗工，也比守着家里的一亩三分地强。

去建筑工地上做临时工，挑沙子，一天能挣一百三十元，而靠种田，仅能维持温饱，想从土里刨出钱来几乎是不可能的。

马岳云的话，也得到我父亲的赞同。我父亲种了几十年田，主要收入却仍然依靠他在农电管理工作上的报酬。从农电工岗位退休后，他每月能领到一笔两千多元的退休金，这已经让大多数年老的农民羡慕不已。

这二十年，差不多全村的壮年劳力都进城去打工了，一半以上的农田被抛荒。那些尚未抛荒的农田，主要是靠年纪大的人在耕种劳作。与此同时，农田的利用率也大大下降。原先多是种植两季水稻，现在仅种一季；原先除了种水稻，还要在水稻收割后种小麦、油菜、萝卜、紫云英等作物，现在已经没有人再种了。

此外，还有许多的水稻田，通过土地流转，承包给农业大户种蔬菜、苗木、养鱼，承包期为五年、十年或更长，一亩田的租金一百元至三百元。

拿到这笔租金后，没有了田的田主人就必须像城里人一样去买大米吃了。

马岳云的家，就在村道边上，不时有小汽车从门外的道路上驶过。马上就要过年了，那些在外打工的人们，纷纷从城市回到村庄里来。原来安静得有些过分的村庄，这才一下子热闹起来。

社会发展很快，农民的生活条件也越来越好了。不仅那些在城里当干部的人买了车，那些进城务工、贩卖水果、搞建筑装修的人也都买起了车，而且车子的价格可能更高。那么多的车子，在几年前的五联村，是无法想象的。

在村民们看来，这种变化是显而易见的，体现在村民们生活的方方面面——那些离开村庄进城的人，都能挣到大钱，而如果继续守着农田，反而没有奔头。

一年又一年，马岳云没有离开村庄，因为他有个智障的儿子，他没办法离开家和别人一样进城去打工。他只能依靠犁田这一门手艺过日子，以便闲暇时能更多地照顾到家里。

犁田的价格，从最早的一亩八元钱开始，一路涨到七十元、一百元，2013 年的价格是二百四十元。

一年中，马岳云最多能耕一百二十亩田。

算下来，耕田的年收入，还不到三万元。

而养牛也并不是一件轻松的事。一年三百六十五天，没有一天可以休息，除了耕田，还要放牛——对牛的照料，一天都不能落下。

“犁田的价格，能再高一点吗？”我问。

“高不上去了，”他说，“你想啊，种田的成本如果再高一点，那还有谁会继续种田？”

种田，除了犁田的成本，还有种子、化肥、农药的投入，以及灌溉和种植、管理、收割的人力成本。相对于稻谷价格的低迷，种田的成本已经太高了，种水稻没有任何经济效益可言。

他一边抽烟，一边继续和我聊着。

种田的人日渐减少，我们这个村庄的犁田佬也变得资源过剩。于是，很多原先的犁田佬开始放弃这一行当。

把一头耕牛卖给牛贩子，能换一万五千元到两万元。

牛贩子把牛杀了，卖肉。

村子里的几十头耕牛，绝大多数都卖到了牛贩子手中。现在大概只剩下两三头了。

那个原先养了很多牛的应中良，原本想让在城里打工的儿子回村，把耕田这门手艺传给他，同时，也把自己的四头耕牛交给儿子。

但是儿子不答应。

最后，应中良只好把牛卖给了牛贩子。最小的牛崽不到一岁，也只得交给牛贩子宰杀、卖肉。

马岳云说："下一代再没有人会犁田了！"

马岳云的这头耕牛，跟了他十几年，他舍不得卖。

"下一代再没有人会犁田了！"

马岳云抽着烟，沉默了。过了一会儿，他说，趁自己身体还行，他还会继续犁几年田。"三年，可能还用不了三年，我大概也干不动了。"

他带我去看他的犁。那把铁犁全身灰黑色，犁头锃亮，他已用了三十年。

01

犁田

5 月 11 日。立夏的第五天。

田间：蓑衣，笠帽，一个人，一头牛。

这一幕，就好像是从唐诗宋词里走出来的。

可惜，村庄里的牛越来越少了。

5 月 1 日，我问父亲，这次能否雇到犁田佬，为我们的大田翻耕。父亲想了想说，有点困难。

我们这片田畈，距犁田佬的家有些远，足有三里地。只我们家一丘田用牛来耕，他得挑着犁、耙、耖等几百斤重的家什，赶着牛，走那么远的路过来，太不合算。

在我印象中，农人肩负犁铧，手执竹梢，行进在田埂上，是乡间最具标志性的一景。

时至今日，这一景怕是真的要从江南的字典里消失了。

水稻种植，要求大田平整，田泥糊烂，还因要保证灌溉，必须使大田中泥面在同一水平面。水田在耕种之前，要进行这样的

春耕，犁铧在水田中潜行。

一番操作。这是一项技术活。“耕——耙——耖（chào）”，这样的水田耕作工序，据说是在唐宋时期形成的。当时的犁，已很有名，叫“江东犁”。其犁辕短曲，故又叫“曲辕犁”。

在五联，我们没有这样精确的称呼，只是一概称作“犁”。我对比了书上的图片，可以确定，犁田佬现在还在用的，仍然是这种“曲辕犁”。这种犁比较轻便，农人握着犁梢，便可以根据土质情况，随时变化犁田的深浅。而且，我们浙西南丘陵地区，很多田块都不规整，经常是随着山势溪形回转，奇形怪状，边边角角很多，用这样的“曲辕犁”来耕地，就便于人和牛的回转。

耕，是第一步。用犁翻耕，土块被翻过来，荒草就被压到泥下了。水田耕翻之后，还需要灌水浸泡，再把田泥耙碎。于是第二种工具又要出场了：耙。

耙是一种带木齿或铁齿的工具，操作时，人就站在耙上，牛拉着耙前进。田泥经过反复的耕耙之后，泥土都已经耙碎，烂成糊糊，这时候还要再进行一道工序，叫作“耖”。

耖，是一种尖齿型的农具，主要是可以把泥面耖平，耖细，也能拌匀肥料。

“两犁两耙一耖”，耕田佬曾经告诉我这样的话。耕田，是一种技术，更是一门艺术。以田为纸，以犁为笔，以水为墨，牛与人一起挥毫泼墨地作画。他们来来回回，在一方方画纸上写下他们的作品。

一场春雨正在淅淅沥沥地下。春雨在水面激起一圈圈细细的涟漪。蓑衣这时候应该出场了。还有斗笠。斗笠滴水，草叶滴水，奏出这个季节最生动的乐音。

我记得小时候，我常常挎一个小桶，跟在耕田的牛和人后面，因为总是有很多的泥鳅和黄鳝被翻耕出来。抓泥鳅和黄鳝，是特别有趣的事情。每次都能拾到小半桶泥鳅和黄鳝！

后来不知道从什么时候起，泥鳅和黄鳝就统统从稻田里消失了。

犁铧在田水中洗净，
发出银色的光芒。

《天工开物》上的犁田场景。

《天工开物》上的耙田场景。

清康熙《耕织图》中的耖田场景。

耕田佬自述

我十六岁开始犁田。那时候是在队里的畜牧场。

文凭？没文凭，小学文化。1975 年、1976 年，我爸管着村里的畜牧场，我从小就去帮着家里放牛。每天都放牛。早上牵出去吃草，傍晚又牵出去吃草。

从那时候开始，我就没跟牛分开过。年年养牛。再大了些，就养牛、犁田，四五十年都没有歇过。

我早就不想再养牛了，可是没得办法。我家里有实际困难嘛……走不开。如果走得开，我也进城打工去了。

我一年犁田一百二十亩左右，现在价格是一亩二百四十元，总共就是不到三万块钱。

最早时候，犁田一亩的工钱是八块钱，后来涨到十七块，二十块，五十块，七十块，一百块，一百四十块……

往年的说法，犁田这个活儿，人是一个工，牛是两个工。现在呢，你算算：一个人上工地做小工，一天也能拿两百多块钱。

犁田不光是犁，一年到头，你要服侍着牛。每天牵出去吃草，要割茅秆，冬天要喂谷糠、白菜。

学犁田，打头（开始）就难。怎么难呢？

比方说，犁的深浅你都掌不好。犁的路线直不直。刚学的人，一条沟起得歪七扭八，没法看。

耖田最难，耖得平不平？要平，就要花工夫下去。

拐弯抹角，也是最难的。没有经验的人，就犁不好。我们耕了几十年，一趟过去，一趟过来，再一趟过去，就把几个角落头都犁过了。生手上去，犁到最后就剩下中间一块田，哪怕多兜十几个圈子，田的中央还是有一块犁不清爽。每次都要“起犁”，调头，累死累活。

有好牛，做事起神，光是犁，不耖不耙的话，一天能犁四亩田。

牛不好，那就吃苦了，牛梢打断十根都没用。

教牛崽，也不容易。

教牛一般要四五个工。三个人：一人拉绳，一人扶犁，一人牵牛鼻子。

今天教，明天歇，后天教，大后天歇。这样有个喘气时机。日日教，人累，吃不落。碰到顽的牛崽，你气都弄失了（意思是“累极”）。顽皮的牛崽，牛梢打去打去，它就是不使力。

人家说，对牛弹琴。弹琴牛是不懂的，牛口令，它会懂。有的牛跟了十几年，了解你的脾气，知道你要怎么走，它比你还机灵。

牛听你指挥，要怎么叫牛知道？

耕田时，耕田人反手（左手）牵着牛绳，拿着牛梢，右手扶犁，开始起步。耕田时，犁头一插，牛梢一挥，喊一声“嗨”，牛就四脚用力，头低低的，拉起犁往前走。

一畦出头，等到转弯向左，耕田佬就唤一声“崭”，牛绳一拉，牛按人意向左转。

如果要向右转，就要喊声“辟”，同时用牛绳对牛拍一下，牛就乖乖地向右转了。

如果叫牛停步，拉一下牛绳，喊一下“挽”，牛就停步了。

牛听得懂耕田人的口令，一切行动听指挥，这是起码的。

头道田，3月尾巴上要打秧，开好犁。到了4月，就要插秧。这个时候，犁、耙、耖，三样家什，都要上场了。

犁田的程序一般是：两犁，两耙，一耖（犁两遍，耙两遍，耖一遍）。

现在价格：不在东家吃饭，一亩是二百四十元；要吃饭，二百二十块一亩。

一般来说，东家把田包给你犁，除了犁田，还要免费帮他犁地。比如说，栽番薯了，东家会来叫你，那就去给他家的地翻一道。

最打头时，有一只母牛，三只崽。牛牯养了四年。牛牯太吓人。

一头牛，一般养十六七年。

养一头牛，一万六七千元，会耕田，好牛，两万多元。

好多人，把牛卖了。卖了干嘛，杀肉。

我的牛不舍得卖。犁田时节，我把一只小小牛，拉去杀肉了。养不住，小牛崽顽皮。

现在种田成本高，犁田，雇人栽禾，一百元一日。还要肥料，治虫……种得好，才有六百五十公斤。

种田没意思了。大家都出去打工。

我用的一把犁，用了三十多年。一把铁犁。

犁田，是个苦差事。比如说，落雨天，瓢泼大雨，我一身尽湿，没工夫回家来换衣服，身上冰冰冷。

犁田时，我都是穿蓑衣的。雨衣不便，也不透气，闷。蓑衣好。现在蓑衣可能也买不到了。

（口述者马岳云，1959年11月28日生）

耙田。

耖田。

机器耕田逐渐取
代水牛耕田。

02

备 种

前几日，父亲去县城的种子公司买回了这一季的谷种，包装上写着：“Y 两优 2 号”。

为什么要选这个品种，父亲是听了县农业技术人员的建议。我上网查了一下，这个“Y 两优 2 号”，在 2010 年是由袁隆平院士作为中国首届杂交水稻大会观摩现场（浏阳永安镇超级杂交水稻示范基地）的首选品种。

后来有一天，我读《现代中国水稻》这本书，发现一个有趣的现象。20 世纪 60 年代起，日本培育的稻米品种的名字是——笹（tì）锦、富士光、星之梦、娟光、火光、一见钟情、大家都来。我们中国的稻米品种名字是——中优早 5 号、中优早 81、赣早籼 37、丰矮占、II 优 838、冈优 22、汕优 46、准两优 527……我发了一条微博，开玩笑说：“起名字的都是理科生！”

其实中国的水稻种植，历史真是悠久。我们都是食稻之民。我记得在一本书上读到过，在距今四五千年前的良渚文化时期，稻作农业已经发展到石器时代的顶峰。在湖州钱山漾遗址，发现过很多稻谷遗存，而且都是一堆一堆的存在。

原来，四五千年前就有稻香了啊！

这是水稻种子“Y 两优 2 号”。

03

父亲穿过春天

5 月 10 日清晨，父亲把谷种放入桶中，浸水。

浸两日夜，水分吸饱，晾起，催芽。催芽两日夜后，可以播种。

所用的种子，要三斤半。一亩田，大约需要一斤三两到一斤四两的种子。

种子播下后，用草木灰覆盖。再用晒干的猪栏粪的碎屑，筛过以后细细的那种，铺上一层。这是有机肥，能让种子苗壮成长。再用喷雾机喷一道水。

如果天晴，每两天去喷一遍水。

谷芽，一点点冒出来。这时，还要防雀，防老鼠偷吃。

5 月 15 日，谷子下地。

我记得小时候，谷种都是播在秧田中的，并非播在旱地上。

制作秧田的要求很高。宋代的农书《陈甫农书》，在“善其根苗篇”中说道：“凡水田渥漉精熟，然后踏粪入泥，荡平田面，乃

父亲把稻谷种子浸湿、保温、催芽。
到了第三天，谷种冒出了白色的乳芽。

可撒种。”而要使水田平滑，就要使用到一样农具，叫“田荡”。

田荡，像一个耙子，来回操持，可以把稀泥水面弄得平滑如镜子。这样，才能把谷种撒在上面。

我记得村庄里曾有人把板凳反过来，扑在泥面上，代替田荡使用。

等秧苗长成，又从秧田中拔秧，移栽到大田中。

而现在，父亲把谷子撒在旱地里。旱地里育秧的好处，是秧龄短、秧苗壮，管理起来方便，移栽大田之后发棵快。

父亲这几年都用这样的旱地育秧技术，而我从来没有在旱地拔秧的经历。

我把秧苗发芽、长叶的情形拍了照片发在网上。

马上，就有朋友在网上留言说，到了插秧时，要和我一起下田。

那么，一个月后见吧。

接下来几日，天落阵雨。

父亲听天气预报，说会有一场大的阵雨。他担心大雨把秧地冲毁，傍晚，天色都黑了，他又去田里，用薄膜在秧上覆了一层，弄到很晚才回家。

秧是多么重要的事。秧要是毁了，这田还怎么种呢。

种田这件事，跟老天总是关系紧密。总归还是要看老天的脸色。

这两天，父亲每天晨昏都要去田间走走。他荷一把锄头，穿过春天的薄雾，走在江南的田埂上。他常常会仰头望天，好像是在跟天空对话。

这个春天，我开始了一项计划——跟父亲一起种田。

这个叫“溪口”的小村庄，是我长大的地方。

开门见山，有四面青山；走不远见水，有一溪碧水环绕。这个小村庄没有工厂，没有雾霾，只有田野、村庄、大树、炊烟。

小时候，我就在村小学读书。每天清晨，我们穿过稻田，过一条河，爬一道山岭，走三四里路去上学，河边的鹅还会怪叫着追咬我们。

后来我去了离村子三十里路远的镇子上读书。

初中毕业后，我到了离家六百里的省城杭州读书。

我后来发现，我长大的过程，就是离村庄越来越远的过程。

多年以后，我居住在城市，过着城里人的生活。

我记得小时候，每个暑假都要帮家里人下田、干农活，那对小孩子来说，简直是苦不堪言。所以，我们读书的目的也只有一个：

离开稻田。

当我们在田间挥汗如雨几乎快吃不消的时候，父母就会说，你看，如果不好好读书，就只有一辈子下田！

什么话都不说。咬咬牙，继续干。

但心里知道了，一定要努力读书。

算了算，从小学到工作，我几乎用了二十年时间，才终于摆脱了农村下田干活的“苦日子”。我终于在城市里拥有了一份安稳的工作，有了还算舒适的生活。

但是很奇怪，我的心却时常回到老家，回到一个叫“溪口”的

父亲准备了一块旱地，作为秧地。那块地被父亲整得相当精细，土块全都敲得细细碎碎，然后父亲在那块秧地里播种。

小村庄。

只是，我的家乡，渐渐变得我不太认识它。我回到老家去，发现老家的田地大多数都抛荒了，长草了；人们的脸上也渐渐没有了往日的恬静。为了挣钱，村庄里的青壮年劳力，都进城市打工，留守在村里的，只有老人和小孩，村庄于是成了空心村——留守儿童的成长，空巢老人的赡养，带来了多少社会问题啊！

村庄里还有年轻人会种田吗？

没有了。

村庄里的少年，学习成绩好的，考上了大学，成了城里人，再也不回来了；学习成绩不好的，没考上好大学，就进城打工去。打工几十年，老了回来，他们已经不会种田了。

他们说，进城打工，再怎么没本事，都比种田强！

可是，在城市，他们终究找不到精神的归宿。

村里曾经会耕田的老农，老的老了，去世的去世了，牛呢，卖了，杀了。

再过两年——或者用不了两年，全村就再也没有耕牛了，也不会再有人耕田了，沉重的犁、耙、耖，没有人拿得起了。

古诗里写的“青箬笠，绿蓑衣，斜风细雨不须归”的场景再也不会出现了；“牧童遥指杏花村”的儿童，再也看不到了；“朝耕及露下，暮耕连月出”的场景，也只有在梦中才有了！

所以我想跟父亲一起种田，去重新体验身为农人的劳作，想把父亲怎么种水稻的这个过程细细记录下来——不知道这是不是算得对即将消逝的农耕的挽留。

我下田之余，把每次的农事拍成照片、写成文字，发在我的博客和微信上。

04

曾经差点陷在藕塘里

夜。小舅来家，背了一个鱼篓。鱼篓里装了三四斤小鱼。说是在溪里捉的，给我们吃。

小舅大我十来岁，小时夏天，我常跟他一起在小溪中捉鱼。溪水清冽，鱼儿机敏，小舅手执一根八号钢丝，瞅见鱼儿在水中窜过，便眼疾手快，挥动钢丝。那钢丝呼呼作响，劈开空气，劈开清流，劈翻小鱼。

想起来就很有乐趣。我跟小舅说，能否再跟他一起去溪里捉鱼。小舅应允了。

我们这个小村庄叫作溪口，两条小溪在此汇合。溪流依山就势，转出一个大弯，环抱着全村几百亩稻田。

可别看这样一条小溪，平时溪水潺潺，呢喃低语，清澈温柔如小姑娘，可是碰到雨季，山上雨水汇聚而下，河水泛滥，往往引发一场大涝灾。大水不仅冲垮木桥，还能跨过堤岸，把辽阔的粮田和村庄都淹没。那时站在村中高地，四面一望，有如泽国。

晚上，我与小舅一起去溪边。凉风习习，夜空如洗，一粒一粒星子如此清晰地挂在头顶。溪流的远处，有一星渔火，怕也是带着鱼篓去溪中捉鱼的人。

小舅是十六岁时开始成为一个木匠的。他跟着外乡的师傅当了三年学徒，三年后，他已经能打出一整套精美的家具。依靠这门手艺，他在四乡八邻挣饭吃。

以前，乡下人家娶亲，都要打一套像样的家具。木头是自家山上的，手艺人走村串乡，小舅于是很吃香。

我们这个小村庄叫作溪口，两条小溪在此汇合。溪流依山就势，转出一个大弯，环抱着全村几百亩稻田。

不知道什么时候开始，乡下人结婚，渐渐地不时兴打家具了。他们直接去县城的家具城置买。那里的家具，式样更好看，还轻——都是三合板钉成的；价钱便宜，还特别轻巧，不像自家打的木头家具那么笨重，费时费力。

——那个时候的审美，就是这样奇怪。

小舅渐渐地不那么吃香了。他成了中国最早一批“打工仔”中的一员，开始四处辗转在各个沿海城市打工，跟着建筑队的人在一个又一个工地上干活，搭脚手架，给人装修房子，住漏风的工棚，吃最差的粮食，存下一点钱，结了婚。后来他成了橡胶厂的流水线工人。因为橡胶厂有害气体多，干了几年身体吃不消，就不做了。再后来，小舅回到了老家，托人在县城找了一份工作，成了机械厂工人。

孩子的教育是一件大事。那时候，小舅也只能回老家，这样才能更多地照顾到家里——这是一个明智的决定。村里很多出去打工的人，把孩子扔在家里，交给爷爷奶奶照看，总是出现这样那样的问题。

现在，小舅每天早上骑电瓶车去十几里路外的机械厂上班。傍晚又骑电瓶车回家。收入并不高，每个月一千多元工资。

在小舅身上，我看见一个传统的中国农民是怎么在这个时代流落辗转，在大潮中随波逐流的。

小舅也早已抛下了他的田地。

有一天我在小舅的朋友圈里看到，小舅居然没有忘记自己的手艺。他在朋友圈卖砧板。他的推销语是这样的——

> 常年出售切菜砧板。高山采集三十多年树龄，经过七道工

序制作而成。现在超市买的菜板，都是胶水加工而成，有毒有害。我的这块砧板，是纯天然，自己制作，价格一百元，需要者联系我。

我哑然失笑。

在溪里走着，脚下是哗哗的流水。小舅说："你种的大米，能卖三十块一斤，这是好事啊。我们自己家种的米，到底是不一样的。"

我说，是啊，我就是想让好的大米，卖起好的价格。"如果都这样，农民也不会抛下自己的田，去城里打工了。"

这些年，小舅也不种水稻了。只在地里种点菜，种点玉米，种点番薯之类的作物，自家吃。

在我小的时候，我和小舅是经常在一起干农活的。

农忙时节，小舅都会帮我们家一起劳作。我和弟弟虽小，也要一起下田。

插秧，割稻，盛夏时的"双抢"，是最让人惧怕的事。中午朝着屋外望一眼，那白花花的太阳，真是要把人晒化了，就连想一想都是令人惧怕的事。

但是，惧怕也好，痛苦也罢，还是要咬咬牙，走进那酷热里。

当汗水流满脸颊，我们疲累不堪的时候，父母就会对我们说，你看，还是要好好念书啊，以后考上大学，找个好工作，就不用再干这些活了。

那些话，我们自然是听进去了。

我印象最深的是，在一个叫藕塘的地方，有一丘我们家的水稻田。好多年中，我和弟弟，都跟着小舅一起去耘田。

藕塘，大约原先是一口烂泥池塘。那是个冷水塘。别处的田水，被太阳一晒，都热乎乎的，这里却还是冰冰凉。

最让人吃惊的是，赤脚站在这田里，人总是会不由自主地往下陷。

我们出门的时候，母亲会关照一句，你们站拢些，要是陷下去，就相互拉一把。

又说，戴一顶笠帽去。这样，人陷下去的时候，至少水面上还有一顶笠帽啊。

这话当然是玩笑的，但是仍然让我们恐慌。

油菜已经结籽，尚未收割。

耘田，以往是水稻耕作中的重要一环，耘田的目的是除草、松泥、拔稗。古话说：“稻靠三遍耘，凡事三思行。”我们这边，多用两手耘田。人在田里躬身，一边耘田一边前行，真是累极。

昼出耘田夜绩麻，
村庄儿女各当家。
童孙未解供耕织，
也傍桑阴学种瓜。

——范成大《四时田园杂兴》

在藕塘里耘田，慢慢地，人就越陷越深。一般的田里，泥巴只能没到小腿。在藕塘，一不小心，就没到膝盖，没到大腿，而且很难拔起来。

每每感到陷下去时，我们就哇哇乱叫，相互拉扯，才拔腿上来……

后来，上学读到红军过草地时沼泽地吞人的课文，眼前总是会浮现我们在藕塘耘田的一幕。

藕塘那丘田，我们家早就不种了。一年一百块钱转包给人家。是种稻，还是用来养鱼，就不清楚了。我已经很多年没有去过那里。

和小舅在夜晚小溪里捉鱼，我们又聊起这些往事，不禁笑出声来。

05

春夜，那星星点点的火光

我弟分到田的时候，我还有印象：村里几个人一起，去田里量的。我弟分到两石谷田。

“石”（dàn），在我们老家方言里，是面积单位。四石田，就是一亩。

我不知道别处是不是这样。

弟弟分到两石田。田在距离河滩不远的地方，是沙地。一发大水，铁定被淹。

问父亲，我们家总共有多少田。父亲说，四亩多一点。

按照当初分田到户的办法，三十年不变。我们兄妹先后读书，农村户口变成城市户口，迁移出去了，这田也没有重新分拨出去。

这些田也分三等。一等田，有四石，水好，旱涝保收。

二等田，是烂冬田。涝时被水淹，旱时得灌溉，这样的田有十石。

烂冬田，泥土常年不干，这田不能栽油菜，不能种麦子，也不可栽早禾，大水来时，正当早禾开花，一淹，就没了。父亲说，有一年，在冬田里栽下早禾，大水淹了六七日。后来想犁掉算了。外公来看，说可能还会发。结果，根没死，还是重新发了上来，产量自然是很可怜了。所以，在这烂冬田里，只宜栽晚稻。

三等田，是山排田。纯要靠天种植，现在都不种了。

至于藕塘的田，最差，说有六石。折合一下算一亩。

还有在外村的一点“插花田”，很远，大约有两石，也早就不种了。

分田到户的时候，好田与孬田，搭配着给各家都分一点。最近几年，很多孬田顾不上，就不种了，转包出去，或是抛荒。现在我们家仍在耕种的田约有九石，都是一等、二等田。

没事的时候，我就去田间小道上走一走。

在十几年前，我常常走在这样的田间小道上。我去村小学念书，上学和放学，都要穿越这样大片大片的田野。田里油菜、水稻、棉花、豌豆、玉米、紫云英，四季轮换，景色各有不同。

紫云英，我们叫“红花草”。紫云英花开，成片成片的红色如云，很是好看。

那时候冬天，田间都是紫云英，是因为农家不仅要种田，还要养猪贴补家用。紫云英就是猪的好食料。紫云英收割之后，斩碎了，一大缸一大缸地贮藏起来，那是猪们的储备粮。

这些年已经见不到紫云英。紫云英花开时红色如云的田园风光，也就消失了。

大田里现在全是草，野草。

我一路走过去，抛荒的田很多，有些草已经高过人的腰部。走到一片塑料大棚前，看见村人在田里喷雾。

田都荒了，长满野草。

我立下脚来，和他攀谈。村人说，喷的是“草甘膦”除草剂，喷过，野草就会全部死掉。到5月底，地可以翻耕。

草甘膦，是一种非选择性、无残留的灭生性除草剂，对各种杂草很有效，广泛用于桑园、茶园、果园及甘蔗地。

可是，我对草甘膦这样的农药没有一点好感。它是美国人发明的，喷过之后，杂草就发黄、萎顿，继而死掉。高效是高效，但正是这样的高效，使得它很可疑。

我们的水田里，如今再也没有泥鳅，没有黄鳝，连青蛙、蚯蚓也越来越少。我想，一定是跟各种各样被大量使用的农药有关。

我小时候，春天的夜晚，会和大人一起去田里捉泥鳅。一手执火把，一手执铁钳，看见泥鳅和黄鳝，用带齿的铁钳伸出去一夹，就能捉住。春天夜晚的田野里，总是摇曳着这样星星点点的火光。一粒火光下，就有一个捉泥鳅的人。那样的夜晚，星星在天上闪烁，火光在田野飘摇，此番景象，就像在梦里一样。

现在，我要怎么样跟女儿解释那样的意境呢。

我和父亲在这一点上达成统一，那就是我们种水稻，就不用那些七七八八的除草剂和农药。即便要杀虫，也要使用农业部门认可、残余最少的生物制剂。我们要像二三十年前一样种田。我们不仅种田，还要尊重这片田。尊重这片田里的杂草、青蛙、泥鳅和飞虫。

野荞麦开满白色细花。

06

一场大雨把谷芽冲得东倒西歪

5 月 19 日傍晚。

一场大雨，把秧地上已经爆出绿芽的谷子冲刷得东倒西歪。

好在父亲早有防备：他挑了一担弄碎的猪栏粪，把它轻轻地在谷芽上铺了一层。除了给谷种提供生长必需的营养，又能让谷种更快地扎下根去。

与天气的战争，要这样一直延续。直到稻谷收割，晒干，收进仓库。

在长达大半年的时间里，父亲和母亲每天都要关注着天气变化。阴晴雨雪，牵动着每一个农人的心。

雨多了，要涝；晴久了，太晒；持续阴雨，不利于水稻的生长；哪怕是丰收了，即将收割，连日阴雨，也会让稻子来不及收获，在地里发芽。那也等于所有的辛苦都如落入土地的汗水一样白白浪费了。

有一年，收割过后的稻谷因为连续下雨，不能拿出去晾晒而堆在家中。谷堆内部气温升高，潮气未散，使得中间的稻谷开始孕育、发芽。为此，我们不得把家中所有电扇打开，对着所有的稻谷吹风。

我仍记得那样一幕——金黄的稻谷摊开在地面，占据了堂前、卧室几乎所有地面，只留下一条仅容行走的小道。

07

还能像从前一样尊重土地吗？

在这期《华夏地理》杂志上，我读到一篇关于粮食的文章。文章说，吃肉是一种效率奇差的生存方式。如果靠吃猪肉获得与吃粮食同样多的能量，必须多消耗五倍的粮食来喂猪——如果吃的是美国牛肉，多消耗的粮食则会是十倍。

我相信，我们吃肉的快乐，显然无法单单用“获得能量”来衡量。我们从食物中获得美妙的口感，难以言传的滋味，以及层次丰富的味觉体验，由此获得心理上的安慰与满足，这哪里是仅仅用“能量”一词就能涵盖的？

然而现在世界粮食短缺，却是不争的事实。这也不仅仅是中国的事情——为了喂养牲畜，我们每年都要大量从美国或巴西进口大豆。

我的父亲，他们那一辈在土地上耕种数十年的农人，目光没有那么宏大，他们不知道世界粮食的格局，但是，他们看得见在自己眼皮子底下发生的事情：越来越多的人抛下了土地，那些土地都长出了荒草，人都走不进去。

趁着这一次回老家，我去山里看望九十多岁的外婆。

外婆的家，是在一个叫龙潭的小山村。山深，出好水，距我家约十里路。两山之中有大峡谷，峡谷中有溪流……有如世外桃源。

但是山中田少。

我记得小时候，在外婆家过暑假，还吃过玉米糁子饭。金黄色的饭，玉米多，大米少，口感粗糙，难以下咽。

那大概是20世纪80年代中期吧，外婆他们，还只能吃这样的饭。

山里人，多么珍视每一块田，哪怕只有巴掌大一小块，也勤勉地耕种它。山里常见的梯田，就是这样，依山就势，弯弯曲曲，层层叠叠，人也不舍得荒弃，只要去耕种，多多少少还是有一些收获。

现在呢，我那个村庄里，多好的田，也有被漠不关心地扔在了那里的。

我们很少有挨饿的感觉了，所以，我们对土地也不珍惜了吗？不，不是的，是因为土地上的劳作不再有价值，农民们宁愿进城去打工，因为比在土地里刨食强得多。

山里人珍视每一块田，哪怕只有巴掌大一小块，也勤勉地耕种它。这是外婆家不远处的一个天然瀑布。

08

故乡的味道

父亲终于学会使用微信，也会用手机拍照了。

之前我一直纠结，想着要买一台照相机给父亲用，然而照相机的操作对于父亲来说，实在过于复杂。尤其是拍好照片之后，怎样上传到电脑，并且怎样使用软件传输，真是一件麻烦的事情。

父亲能学会么？我是担心的。

后来想到，还是手机方便，拍完照片，微信上一发就可以。

于是，帮父亲淘汰了老掉牙的手机，换上了新款大屏幕的智能手机。

父亲起先也是抗拒的。他说，手机那些花里胡哨的功能，用不来！只要能打电话发短信就行。新手机买回家了，父亲这才尝试着用。可是一开始还是不习惯，常常出现问题。有一次我离开家不久，就接到父亲打来电话，说不知道怎么回事，七按八按的，铃声给调没了，电话都接不到。

一步一步，耐心地指导父亲调回来。

我把家里的无线 WiFi 架好，和父亲手机的网络连接也设置好。这样，父亲只要一回到家，就可以自动连上网。

父亲的微信名字是“稻田大学校长”。我们开玩笑说，人家有早稻田大学，我们有稻田大学，这稻田大学，同样能学到知识。父亲对于这个职位倒也没有推脱，乐呵呵地就接受了。

这个“稻田大学校长”名字，听起来有一些玩笑的成分，然而我是认真的。从某种意义上来说，我们从稻田里学到的知识，不会比从一所大学能学到的少。

从这以后，我不在家的时候，父亲就常常把稻田的状况拍了照片，发给我。

父亲去田里干活，会叫上母亲一道去。母亲说，不就施点肥

父亲用上了智能手机，我教会了他使用相机、微信。他的微信名字是“稻田大学校长”。

么，除点草么，这点儿活，你自己去不就成了。

父亲说，嗨，我去施肥，你站地边上给我拍张照片嘛！

5月21日。小满。

我在杭州。稻田大学校长发来两张图片说："天气不好，油菜搁在田里来不及收，菜籽都长出了绿芽。真心疼。"

都知道油菜花好看，油菜花开时，金黄一片。可是谁能知道，油菜花后面，还有那些实实在在的生活，还有一个一个的日脚。

油菜籽，是为了榨油。今年我们家种了三石田的油菜，等于四分之三亩。父亲说，大概能收二百斤油菜籽。油菜籽晒干，送到老榨坊，可以榨出油来。一百斤油菜籽，一般能榨得三十来斤油。

这样算下来，我们家三石田的油菜，仅能榨出六十斤油。这一次天气不好，成熟的油菜还没来得及收割，结果就连下大雨。这油菜籽在田里发芽，白白浪费，岂不可惜！

我和弟弟妹妹，如今都在不同的城市成了家，平常都会从老家拿这样，拿那样，都是城里买不到的。而这原生态、纯自然的菜籽油，也是稀罕物，你一壶我一壶，也就剩不了几斤。

菜油煎点食物，可真是香啊。酱果、醅糕，都是我老家常见的食物，用菜油煎起来，喷香四溢。人在远方，念及这样的家乡味道，都是垂涎三尺。

我常想，所谓乡愁，很大一部分是存在于人的味蕾之上。脚步迈得再远，最牵挂和难忘的，依然是故乡的味道。

油菜一般是10月头几日下种。11月左右移栽。春天开花。立夏过后三到五天可以收割。

扦插不久已经成活的番薯。

09

秧苗长势不错

6 月 1 日。

女儿和我回到老家。我们去看水稻的秧苗。她爷爷认真教她分辨水稻秧苗与杂草。

天气闷热无比。到了傍晚，大雨滂沱。

小舅一身湿淋淋的。今日栽番薯。在一场雨中栽番薯，番薯好活。

其实也不是“栽”番薯，而是“扦插”。

父亲于是也穿蓑衣戴竹笠出门。他手上拿着一把剪刀，走到番薯地里去了。这时候番薯“娘”早已抽出几丈长的嫩藤。父亲剪回一大捧绿藤，坐在门口，朝着门外的雨帘，把长长的绿藤剪成两个关节、三个关节的无数片断（像一个不喜欢长镜头的电影剪辑师那样）。

剪完了，父亲再把这些片断分别插到地里去。

这些绿色的片断，很快会把这个夏天的土地撑满。

女儿和我回到老家。她爷爷认真教她分辨水稻秧苗与稗子。

你看，图中左边这棵是稗子，右边那棵，是真正的水稻秧苗。

10

插秧，约起

水稻的秧苗长势也不错。父亲去看过之后回来说，再过十来天，可以插秧了。

插秧的时节，一般在秧龄三十天左右。早了或迟了都不好。

说好要让杭州和衢州的朋友们带着孩子一起来稻田里玩，我便把插秧的时间安排在 6 月 14 日（周六）。借着这样的机会，让孩子结识一下水稻。这样孩子们也就知道，水稻在土地上是什么样子。同时，也让孩子们一起感受一下劳动的艰辛与美好。

我把消息发出去，结果报名参与的人很多。居然有北京的朋友也来问，怎么走比较方便。我告诉他，先飞机，再火车，然后换汽车，到了县城我可以去车站接他，哈哈。

也有很多朋友在微信上给我留言，有的说很想来，有的说来不了，很遗憾，如果下次有农活，一定要来。留言很多，这也让我吃惊，原来默默关注这片水稻田的朋友们有这么多。衢州媒体的朋友也说，要给他们留几个名额。

其实，我自己也有很多年没有插过秧了。

插秧这个农活，需要一直弯着腰，一边插秧，一边倒退着走，靠着手和脚的配合，把秧苗一行一行地种植在大田中。累。半天活儿干下来，腰都直不起来。

可是，我想重新体验这样劳累的感觉。站在岸上想，跟自己走到田中间，体会是不一样的。很多事情，必须身体力行地去试过，才知道是不是你想的那样。

父亲在查看秧苗长势。

插秧的时节，一般在秧龄三十天左右。

11

孩子别哭，勇敢踩下去啊

6 月 14 日。晴，气温三十三摄氏度。

明媚的阳光下，一个孩子站在田埂上哭。许多人围着她，说没关系的，踩下去吧，软绵绵的很好玩。

可是那孩子还是不肯下去。她望着脚边的水田，脸上挂了两串泪珠。

今天是插秧日，前前后后来了三四十个大人小孩，其中有四个家庭是和我一起从杭州出发的。一路欢笑。

那么多车停满了村道。村民都很好奇：你们家到底办什么喜事，怎么来这么多客人呀。

插秧的现场也有意思。没这么下田的——戴着墨镜，穿着休闲衬衫，还有的姑娘们撑着花花绿绿的遮阳伞。知道的，说这是下田；不知道的，还以为是海滩上阳光浴刚回来。

一块稻田里，大部分已经插好了秧苗。那是前两天父亲和母亲完成的。现在留下了一片空白，留给这帮城里人来填补。

我们要先把秧苗拔起，再移栽到大田里去。

大家开始脱鞋子，脱袜子。双脚踩到田里，一个个发出惊呼声。

一个小姑娘开始哭，因为“脚踩在泥浆里，感觉很不舒服”。她死活不肯再下田。她父亲在一旁好言相劝，老半天才让她终于尝试着再次探下脚去。

泥浆，水田，对我而言有着多么熟悉的气息。

父亲先带着孩子们在秧地里拔秧，捆成一扎。秧备好后，下到大田，用插秧绳拉直，指导大家靠着插秧绳来插秧。

很多参与者都是初次下田。

有位叫方萱的小朋友，读四年级，她在田里忙活半天，一会儿脸上就糊满了星星点点的泥浆。

几位记者朋友也来亲身感受插秧。问到方萱的感受，小女孩想了半天，说又累又热，“农民伯伯很辛苦”。

她妈妈在旁边补充说，方萱和她的同学吴依可一样，只在电视和书本上接触过这些农活，秧苗、稻谷只是在马路边看到过，但从来没有亲密接触过。这一次亲身感受，很是新鲜。

水稻历来是中国人的主要粮食。对于世代劳作的村民们来说，秧——稻——谷——米，这个过程是再熟悉又正常不过的生命回环，一年四季的劳作生活，就是在这个回环的四周敷衍展开的。但是，城市在扩展，乡村在退缩，在这样的一进一退中，一个再自然不过的回环却被敲碎成两半。

这是第二天《衢州日报》刊出的整版报道中的一段。在这篇《用沾满泥浆的脚向大地致敬》的报道中，记者还写道：

插秧这天前前后后来了三四十个大人小孩。有的孩子从没下过水田，一站到田里，就哭了起来。

这一次，大家都是带着记忆，重新来寻找这个回环的起点，也带领孩子认识这个生命回环的起点。至少，这些来过的孩子们，会知道一粒粒大米是从秧苗上长出来的，至少他们会知道插秧时是不能穿球鞋的，是不能穿着泳衣泳裤下田的。

用父亲的标准来评价，大家插下的秧苗是很不合格的：有的太密，有的太疏，有的太深，有的太浅。各种情况都有。

父亲说："年轻人该知道碗里的饭是怎么来的。"

等大家插完，父亲又重新下田，为大家的作品“润色”了一下。

但看得出来，父亲今天很开心。从来没有这么多人来过这块田。如果可以把这块田视作一方舞台的话，以往都是父亲母亲在这里孤独地演出——没有观众。

现在，这方舞台上居然一下子有了这么多人。

面对记者采访的时候，父亲说：“现在村里种田的人越来越少，年轻人大部分都出去打工了，都是五六十岁以上年纪的人在种田。年轻人该知道碗里的饭是怎么来的。”

“碗里的饭是怎么来的”——这句话讲得好。

在农村，人与土地的感情是很亲近的。这种亲近，城市人无法感知。城市里到处都是钢筋和水泥，想要找一盆种花的土，都得到花鸟市场去买。

你什么时候脱下鞋子，在马路上打过赤脚？

农村孩子小时候，都光着一双脚四处奔跑。

插秧那天，大家光着脚从稻田里走到家里去，结果一个个都哇哇乱叫。因为脚底板被石头子硌得生疼。

疼，以及忍受。

这是生活教给我们的。

我们现在怕疼。我们也不愿忍受。

12

谢天谢地

6 月 19 日。雨。

6 月 20 日。大雨。

6 月 21 日。大雨。

河水渐满，稻田水位增高。

6 月 22 日。傍晚，父亲用微信发了一张图片给我，那是我们的水稻田——只见稻田一片汪洋，我们刚在一周前种下的秧苗，完全被淹。

忧心忡忡。

6 月 23 日。大雨。

度日如年。只有祈求大雨不要再下。

6 月 24 日清晨，大水终于渐渐退去。秧苗露出头来，重新呼吸。

6 月 25 日。雨停了。

算是老天赏饭吃。

父亲说，如果再多淹一天，这些禾苗就全部要淹死了。

❶ 栽下一周左右的水稻。

❷ 栽下秧苗不久，连续下雨，结果就把我们的稻田淹了。开始还能看到秧苗在水中飘摇，后来就什么也见不到了，仿佛是一片汪洋大海。

❸ 后来老天开眼，就把雨停了。田中的水渐渐退去，秧苗重新露出头来呼吸。

那几天我每天都给家里打电话。

稻田被淹的照片发到微信上，每天都有十多位朋友留言，问雨停了吗，问水退去了吗，问秧苗还有救吗，问如果真的被淹坏了要怎么挽救。

如果真的被淹坏了，也没有什么可以挽救的。只有拔了，重插。

花费了人力不说，还耽误了时节。

庄稼，是耽误不得几天的。肯定会影响收成。这样淹了几天，也会影响收成。说不定病害也会多起来。

以前，我在乡下生活，常听到农人把一句话挂在嘴上，“谢天谢地”。种了田，才真正知道“天”和“地”对农人来说是多么重要。

13

踮着脚尖的风从稻田上空走过

7月4日。

一群鸟站在桑树上毫无章法地乱叫。

另一群鸟在电线上排队，沉默不语。

一只白鹭站在水间，假装我没有看见它，然后突然飞起。双翅雪白。

小青蛙，惊慌地从草间跳进稻田。

我记得小时候常见的是绿皮青蛙。稻叶一样的绿色。藏在草间，可以弥生——因为不容易被发现。

现在绿皮青蛙也少见了。这是为什么？

还有成群的蜻蜓在稻田上空低飞。

蜻蜓振动翅膀的频率很高，让我的镜头无法准确捕捉。

还有排着队的风，踮着脚尖从稻田上走过。

唰——稻叶翻滚出一种颜色。

唰——另一片稻叶又翻滚出一种颜色。

风就这样在整片的稻田上走来走去。

淹了两天，大水退去，水稻重新生长。

水稻和野草们比赛着，看谁在下一场大雨来临之前长高一厘米。

水稻和野草们其实亲密无间。

现在有一半的稻田已经被野草占据。水稻拱手让出了地盘。

野草还对另一半稻田虎视眈眈。

水退后，稻秧开始拼命生长。

父亲扛一把锄头，行走在田埂上。没事的时候，他就在田边转悠，把那些企图与水稻争夺地盘的野草清除出去。

那些野草长得很快。父亲说，两三天不来看，野草就长疯了。

这是一个疯长的季节。

7 月 4 日的稻田。长得还不错。我站在田边，看着风吹过稻田，一波一波的，心里也觉得舒服。

14

野草的乐园

田埂其实是野草的乐园。

各种各样的草。比如稗草，籽实细小。比如一种莎草（香附子，名字真好听），正在开花。比如野苦麻，欣欣向荣。

更多的草，我叫不出名字，满地都是。

它们把土埂铺得如同一片绿毯——如同一片森林。葳蕤。

水稻其实也是一种草。

有人承包了大片的稻田。水稻种下了，野草在水稻间胡乱生长。

稗草高高的枝头已经结出繁碎的果实。

狗尾巴草在田间繁殖，这儿一丛，那儿一丛。

父亲说那是水稻大户。一般的农民，没有这样的种法。大户国家有补贴，只要种了粮食，一亩就能补几百块钱。光拿拿补贴就够了。

父亲见不得野草在田间生长。看见就随手拔掉。

父亲在田埂上走过，看见草下的黄鳝洞，水正从洞里漏出。他扒了一把泥，把洞口糊上了。

父亲在远处，在碧绿的水稻之间。我看见他弯着腰，两手在泥水之间忙碌着。我也看不清他在干什么。

一只白鹭从不远处飞起，飞到天空去了。

电线上另一排鸟也扑喇喇地飞起来。

那是什么鸟？我问父亲。

父亲说，长尾巴鸟。过一会儿又改口说，画眉那一类的。

他对鸟没什么研究，我听出来了。

田埂间胡乱生长的野草。

我采集了很多野草，给每一种都拍了照片。

我也弯着腰，在田埂边上忙了半天。鞋子裤腿糊满了泥巴。

我采集了很多野草。把野草在田间的水坑里洗去泥巴，带回家。

我给每一种野草都拍了照片。

这些野草都长得生机勃勃，拍出照片也显得特别精神。

我在杭州的小区里采集的野草，拍出的照片里都像高考失败的孩子，蔫头呆脑。

中午又下了一场大雨。到了傍晚，天仍闷得不得了。

我什么农活都没有干，只是在田间转了一会儿，汗水就已湿透衣背。

听天气预报说，这两天就要出梅了。出梅后，雨水少了，天气也会陡然热起来。热起来，水稻的生长就会更快一些。

晚上月亮出来。

一弯银月挂在西面的夜空。

15

为什么不去做一件有趣的事情？

在种田的同时，我开了一个微信公众号。

我陪父亲一起种田，想让更多的城市人关注我们的土地，也想让更多的孩子知道水稻是怎么生长的，大米是怎么来的。

水稻种下了，我怎么让全国各地的网友，都能见证水稻的生长，参与水稻耕作的过程呢？

这是一个问题。

起先，我想通过邮件、博客等方式，及时向大家展示农事的劳作、水稻的生长、农具的知识等等。但是后来发现，发邮件很烦琐，而且很有局限性。给几十人、上百人参与者发邮件，就只有这几十人、上百人能阅读，别的人无法分享，这太封闭了。博客，虽然是开放的，但是与用户的黏度太低，越来越多的普通人不太上博客了，连微博也上得少了——这样也不利于这个农事活动的传播。

想来想去，微信公众平台最合适了。

现在，我们的水稻生长得很好。

“周华诚”（izhouhuacheng）就这样诞生了。

我也想清楚了，这个公众号里推送的东西，都得跟稻田、农村、植物、土地和我们的生活有关。这里有一份都市人对于农村的情怀与守望，也是对一种理想生活方式的诗意表达。

这注定是一个小众的平台，一个安静的角落。它必然不是人来人往热闹沸反的地方，但是一旦你喜欢了这里，那么就说明你与我有着共同的心灵频率。

自媒体吸引的，永远是那些与你气味相投的人。

这个小小的自媒体平台，把许多具有相同趣味的朋友，吸引到一起。

我们不再孤单。

现在，我们的水稻生长得很好，几百位参与者和支持者都能通过我的微信公众平台，获知水稻的生长和农事的劳作情况。

通过这个平台，我们召集过一次插秧活动。大家都很开心。

我想，到9月下旬左右水稻丰收的季节，再召集大家一起收割。

让年幼的孩子，跟随大人一起，来到我们的稻田，与土地亲密接触，体验劳作的价值与美好。

现在，人们捧着手机的时间越来越多，但是我更希望大家能有时间从手机里抽身出来，去与土地来一次亲密的接触，与大地发生更多的联结。

这样，我们的内心会充实和安静得多。

所以，如果你也想去做一件有趣又有意义的事情，为什么还不赶紧行动？

16

村庄从草叶尖上醒来

最先醒来的是鸟。

叽啾叽啾。句句。句啾句啾。瞿哩瞿哩，句句规，句句规。如果试图用文字把鸟叫声写出来，那是会让人抓狂的。鸟鸣声婉转多变，且是彩色的，文字捉襟见肘，让人着急。

然后是晨光。

晨光我是没有见着，不知道天什么时候变亮。

然后是水声。

水声哗然，以为梦中下雨。

推门而出，远处的田野和山丘还笼着一层轻纱。

我到田野中间走走。

低下身来发现所有的稻叶和草叶尖上都挂满了水珠。细密的，圆滚滚的水珠。一条田埂上有三十万两千五百四十六片叶子，每一片叶子上都有七粒水珠，请问这条田埂上总共有多少粒水珠。

继续数下去，工作量太大。因此我放弃了。

所有的稻叶和草叶尖上都挂满了水珠。

后来我知道，村庄其实是从草叶尖上醒来的。

早起的鸟儿在草叶尖上品饮露珠。

在稻田里漫步的鹭鸟，抖落了一排露水。露水跌到田间，就碎了，融入稻田的水中。

所有碎了的露珠，把我的一双鞋悄无声息地打湿。

太阳出来。草叶尖上一晃一晃，晶莹剔透的光线错综复杂。就把村庄从睡梦中晃醒了。

我要去河边走走。村庄里的老树大叔叫住我，说问个事。清明时自家山上二十多亩杉林被火烧掉，镇上说要处理，至今没有下文，你在报纸（其实是媒体）上班，能不能把这个事，登一下报纸。

我说，这个事情，报纸登不了。要是碰到镇里的人，我给问问。

我继续朝前走，一只白鹭“哗啦”一下从草丛中飞起，把我吓了一跳。

河边杨树林茂盛极了。

前段时间发大水，冲来很多破布条、败棉絮类的杂物，树根、枝杈上，都挂满。一群人正提着柴刀铁钳，还有别的什么工具，费力清理。

有人跟我打招呼，说，哟，这不是那谁吗，这么多年没见，都叫不出来名字了。

我说是啊，是啊。其实我也叫不出他们的名字。我说你们这是在忙啥呢?

那人说，清垃圾呢。村里叫清的。一天几十块，给工钱。说是五水共治，要把河弄干净。

五水共治，这个真是不错。绕村而过的溪，比前两年更是清澈。要不是前段时间发了这一场大水，这河里可是连一点垃圾都看不见。

就这样走了一圈。回来，稀里呼噜地吃粥，就一碟子咸菜。

好吃。

经常有白鹭在我们的稻田里走来走去，吃虫子，吃小螺蛳或泥鳅什么的。我没有买长焦镜头，只能这样远远地拍到鹭鸟。

17

耘田，隐身入禾苗

没种过田的，不知道耘田是怎么回事。

范成大的诗里写过“昼出耘田夜绩麻，村庄儿女各当家”，这是江南农事里的常见活计。但是，没有下过田的，却是无论如何也想象不到耘田是怎么操作的。

耘田可是水稻耕作过程中的重要一环。它担负着扶苗、除草、松泥、拔稗、均匀肥料等诸多任务。通过耘田的工作，促使水稻茁壮生长。

我不记得自己大概是在几岁时学会耘田的，总之，这是父亲教给我的诸多活计里的一样。

父亲说，两腿叉开。

我把两腿叉开，踩在禾苗的间隔里。在我的两脚之间，有两行禾苗。

父亲弯下腰，让我学着做：他把手掌弯成耙状，把每一棵禾苗四周的田土耙一遍。

我照做了。

如果是在旱地里，这就很好理解：耘田就相当于旱地里的松土和锄草。只不过，在水田中，锄头是不好用的，远没有手指灵活。而且用工具很易损伤禾苗的根系，用手指就不会了。

我在田禾中间劳作，把每一棵苗四周的田土都抓一遍，一边耘田，一边移动前行。左边两棵，腿间两棵，右边两棵。我用手掌数着一棵一棵的禾苗。

这个时间，禾苗已经开始分蘖，长得颇为粗壮。禾叶边缘的锯齿割在腿上，又痒又疼。但这是可以忍受的。父亲说，做一个农民，这些都是必须忍受的。对于这一点我理解，每个人每个行当都要忍受一些什么。但是我不能忍受的是腰酸。人俯身在禾苗之间，不一会儿腰就僵酸不已，伸都伸不直。

偶尔伸直腰来，歇一口气，偷个懒，远远劳作到前面去的父亲会回头说，快点跟上。

我说，腰酸。

父亲说，小孩子哪里有腰。

“小孩子哪里有腰”，可能每个孩子都听过这句话，只是听到的场合不一样，我听到这句话的时候是在稻田。

俯身向禾苗，这是对水稻一种恭敬的态度。

耘田不用工具，空带两手就好，听起来容易，其实并不那么简单。这时禾苗四周的田土已有些变硬，手指还是需要稍用些力，才能把土耙起。（浮皮潦草是不行的，那只是把水赶浑，起不到真正的作用）手指弯成鹰爪状，我一边劳作时一边浮想联翩，把自

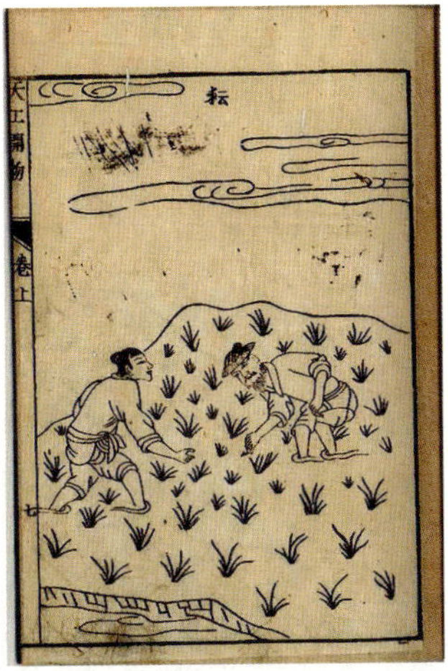

《天工开物》中的耘田情景。

己想象成在修炼鹰爪弓的大侠。这并不是毫无根据，电视里张三丰就是在一缸水里画太极图练拳的。在练拳的同时还要挖起杂草，那些杂草在指间辗转，一会儿就有一掌，顺势一捏、一团，再往泥里一揿，就把它捅进淤泥中去了。这些草团腐烂成肥，就是最好的有机肥。

我就在这大田里修炼：在雨中，在禾间，在烈日与晴空下。

当腰实在酸极了的时候，就用左手肘支在左膝盖上，一边耘田，一边前行。

当我偶尔抬头，每每发现自己已经被远远地抛在了后面。远远的绿色的稻田中间，只有父亲和母亲俯身的背影，那么低，那么低，一直隐到禾苗的绿色中去。

种了这样一片稻田之后，休息天只要能安排得过来，我就会往老家跑。从杭州到老家，开车要三个小时，我还是跑回去，在田边一待就是两个多小时。老家的朋友们有时怪我，说回来了怎么不联系一下，怎么不一起吃顿饭呢？我说，我种田实在太忙啦。

后来我居然看到，有的地方耘田还有跪着的。双膝跪在禾苗中间，一边耘田，一边前行。我想，这就更接近于一种仪式了，不过，可能还是为了避免腰酸。

江西有些地方，是手撑木棍下田，一边走，一边用脚耘田，顺带用脚把杂草踩入泥中。这就解放了腰，不失为一个好主意。然而毕竟效率没有用手高吧。

还看到一份资料，说耘田时，稻苗长高了，人俯身在禾间耘田，稻叶子戳脸后就会发痒起红疙瘩，可以戴上竹篾编制的“推苗”去耘田。“推苗”这个农具，形似淘箩，不过竹篾稀疏，不挡视线，上面有个圆环，正好套入头颈里，可以挡住稻叶，保护脸面五官。这种奇特的农具，我是没有见到过，也不知道是什么样子。根据描述，我想象就像剑术比赛中运动员穿戴的面罩一样——要是在我的家乡，有人耘田还戴这面罩，一定是会被大家笑话的吧。

18

央视记者到田间

有一天，我接到央视记者的电话，说要来杭州采访我，还说要去我的老家，拍我的父亲，以及“父亲的水稻田”。

后来他们就来了。

7月26日和27日，央视二套《中国财经报道》栏目的编导周琰、摄像岳云天两位老师在村庄里整整拍摄了两天。

这时节，稻田一片碧绿。

清晨我起了个大早，去田间拍照，天地之间有一层薄雾，四野朦胧，燕子蹁跹，清露遍地；牵牛开着紫色的花，胭脂花开着红色的花。

拍了几张照片，都是小而美的画面。

“水稻田”，也是凭着自己的兴趣，做一件小而美的事情。

这一次，也来了好些朋友，带着小孩，一同来玩。

除了正常视角的拍摄，摄像岳老师把一个小型的摄像头（GoPro hero 3+）绑在父亲的锄头把上、支在泥中杂草内、绑在房

央视两位记者来到“父亲的水稻田”，整整采访、拍摄了两天。这一片水稻面积不大，“待遇”挺高，小山村第一次被中央媒体关注。这个节目后来在央视播出，我的父亲——“稻田大学校长”同志很光荣地上了回电视。

摄像岳老师把一个小型的摄像头（GoPro hero 3+）绑在父亲的锄头把上拍摄锄草画面。

梁上、扔在水桶里拍摄各种画面，出来的效果十分新颖。据说纪录片《舌尖上的中国》就有很多镜头是用这种办法拍的。

大家赤脚下田，在稻田、玉米地、番薯地拍了好多镜头。拍摄完成，每个人脚上都糊满了泥巴。

村民们都很好奇，中央电视台居然能来拍电视，这是咱们村子破天荒的头一回。

后来，这个专题片在央视二套播出了，村民看到后，在路上碰见父亲，都会羡慕地说：哎呀，你种田还能上中央台啊！

还别说，父亲面对摄像机镜头也是落落大方，侃侃而谈。你要是有兴趣，百度上搜一下“父亲的水稻田”，现在还能找到节目视频。

19

瀑布汗，还有那晚霞中的红蜻蜓

8 月 9 日。已是立秋。

父亲叫我的时候，我正趴在稻禾与野草之间，汗水已然湿透衣背。

我是在拍照。

我给蜻蜓拍照。给豆娘拍照。给青蛙拍照。给田螺拍照。给草叶上的、幽蓝外壳的小甲虫拍照。

远处村道上有不认识的村民走过，朝着我的方向狐疑地打量。他想象不出一个看起来不像农民的人，蹲在杂草密布的田埂上做什么。

汗水落下来，噼里啪啦地打在相机的屏幕上。

其实，这天傍晚我刚从杭州回家，父母出去了，我就带着相机到田里来。女儿也来了，可是实在太热，没几分钟，她就嚷嚷着先回去了。

我一个人在稻田边一直待到太阳落山。

我听到父亲叫我名字，抬头，父亲正走来。父亲说，这么热，

晚霞中的红蜻蜓。

你怎么待得往。

我抬起头，汗水就流进眼睛里了。

其实以前在田里干活，比这还要热得多。白花花的日头下，硬着头皮插秧、割稻。

回去的路上，碰到邻居，邻居说：“父亲的水稻田！”

哈哈，他也知道这个。我打了招呼，笑着拉扯了几句闲天。

回到家，母亲见我一身汗湿如此，大为惊异。随即又说，出出汗也好的！

是真的，在城市里，何曾这样地出过汗！

蜻蜓。我在田间拍照的时候，许多的红蜻蜓就在天空飞来飞去。

大约在两个小时前，下过一阵雨。可是空气中仍然是极闷热的。

“晚霞中的红蜻蜓啊，你在哪里哟。童年时候遇见你，是在哪一天。”

这旋律，在我的脑海中回荡了两三遍。然后就觉得，这应该是日本歌曲吧？这旋律多清新。歌中透露出的意境和心绪，也是很日本的感觉。

上网一百度，果然是。

赤とんぼ

夕焼小焼の赤とんぼ

負われて见たのはいつの日か

山の畑の桑の実を

小笼に摘んだはまぼろしか

十五で姐やは嫁に行き

お里のたよりも絶えはてた

夕焼小焼の赤とんぼ

とまっているよ竿の先

还拍到豆娘。和蜻蜓相比，豆娘是纤细的。时常可以见到两只豆娘头尾相连，形成一个心形图案。

和蜻蜓相比，豆娘是纤细的。

这个时候，心急的一两株稻子，已经抽出了稚嫩的谷穗。这是很偶然的。大多数的稻禾，还是处于“豪猪笔”的状态。

父亲扒开稻禾，指给我看，说这就是“豪猪笔”：稻秆一头粗壮，一头尖细。这段时间，稻田要“搁田”，即停止灌溉，使田间的土质变干、变硬，这样可以让稻秆变得更强壮，抵抗倒伏。大约搁田一周左右，要灌水一次，然后又搁田一周。

种稻是很需要经验的。即便是灌溉，也有很多的学问，没有自己种过几年，又怎么知道呢。

水稻慢慢开始“大肚子”，父亲叫它“豪猪笔”。

一边是水稻，一边是毛豆。

20

孤独的青蛙

青蛙是村庄的歌手。唱呼麦的。

但青蛙不青。

小时候有很多青的蛙。田埂上一走动，青蛙七七八八地跳出来，蹿到草丛里和稻田中。仔细蹲在田间观察，还能见到青蛙张嘴，弹出带着黏性的舌头，精确地捕食飞虫。

这天我绕行稻田一圈，数百米，只找到三四只青蛙，还是土色的青蛙。

青色青蛙，消失在记忆中。

青蛙也是很孤单。大规模青蛙鸣叫，声势浩大，排山倒海，在乡村的夜晚里一浪又一浪。这样的合唱，在记忆中也是每晚必有。

我在半夜里侧耳细听，然而只有孤独的蛙鸣，胆怯又不甘心地在暗夜里响起。响了一会儿，这儿几声，那儿几声，起起落落，终难成曲调。过不多久，就很没趣似地，一个个息声匿气了。

只有星星还是一样亮。不那么亮的，是人的眼睛。看多了电子屏幕，人的眼睛就变得朦胧了。

一只青蛙。

21

籼米，粳米，还是糯米

父亲不说，我也没有注意到，稻田一侧有一小方田里种的是糯米。

糯米是干嘛的？

做年糕，做麻糍，包粽子，都要用糯米。还有，焖蚕豆糯米饭、板栗糯米饭，也很香。

可是当水稻在田里生长的时候，除了经验丰富的老农，一般人光靠水稻叶子的细微差别，还真是不易分辨出来。

糯米，煮起来特别黏。

籼（xiān）米呢，属籼型非糯性稻米，主要是在长江以南地区种植。这种米看起来细细长长，俗称糙米。泰国香米、丝苗米都是这种。

粳（jīng）米，属粳型非糯性稻米，主要在长江以北地区种植。“粳”这个字，读音也很怪，《新华字典》法定读音念“jīng”，农民、研究水稻的学者、农业专家的读法是“gěng”。不管怎么读，这种米是短肥圆。东北大米、珍珠米都属于粳米。

口感上比较，糯米最黏，粳米次之，籼米黏性最小。

我们经常吃到的腊味煲仔饭，一定是用籼米做的。这种米煨出的煲仔饭，颗颗晶莹剔透，米粒分明，有弹性，也有黏性。

煮粥呢，东北大米就比较好，粥汤绵柔。煮饭就显得黏黏糊糊，口感稍差。

我们江南人煮粥，以前是用大柴灶。一大锅的水，煮沸了以后，下米，煮到米粒开花，再用捞笊捞出米粒，盛在饭篮里。粥继续煮，煮到极糊，这样的米粥是十分养人的。粥放凉了，粥面能凝出一层粥皮。

中饭和晚饭，就用捞出的米粒，放在饭甑里，隔水蒸之。这样蒸出来的米饭，很是松软，粒粒清爽。

最近这些年，饭甑都不太有人用了，都用电饭煲。清晨用电饭煲煮粥，中午和晚上用电饭煲煮饭，很少能吃得上饭甑蒸出来的饭了。我妈妈就特别喜欢吃那种松软的蒸饭。她说这种饭浇上一点汤，碗中的米饭粒粒分明。她不喜欢吃口感太绵软的饭，觉得腻人。

我与妈妈相反。我喜欢绵软的口感。我对妈妈说，饭甑蒸的饭，营养都到早晨的粥汤里去了，还是这样直接煮出来的饭，营养好。

关于米饭的口感，大概每个人都有不同的喜好吧。

“父亲的水稻田”种的水稻“Y 两优 2 号”，是什么稻呢？

——杂交稻。

杂交稻，就是袁隆平院士研究出来的。杂交稻大多属于籼型稻。杂交稻自己不能留种子，这是由杂交水稻的特性决定的。糯

父亲把田埂上的草割得干干净净。我们的稻田跟人家的比起来，眉清目秀。一看就是个“稻田好学生”的样子。

米就自家可以留种，每年糯米水稻成熟，收割的时候，父亲要做的第一件事，就是找穗最大最沉的几株，把稻穗割下，扎成一把，挂在屋檐下晒干。那就是第二年的种子。

每次望着那样一把稻种，我就会陷入遥远的想象——我不知道这一代一代的稻种，已经流传了多少年。它一定是从我们祖先的手上代代相传下来。水稻、丝瓜、南瓜，都是如此，父传子，子传孙，一直传到今天。

22

从没这样觉得下雨是件揪心的事

8 月 20 日。

从没这样觉得下雨是件揪心的事。

本来觉得今夏没有“苦夏”，刚过立秋，又接连下雨，很是适意。坐在车里打电话回家，却听父亲叹一口气说，唉，还下雨。

不种田，不知道父亲想什么。

我一下子觉得不安。

父亲说，久雨不停，稻禾又被淹了半截。这会儿正是大肚、抽穗的关键时节，再淹，那可不成了。

此季稻作，已经两淹。

头一回，是刚栽下一个月左右，被大雨淹了两三天。后来大水退去，禾苗重新生长，也是欣欣向荣，生机盎然。然而到今天一看，淹与不淹，差异还是很明显，上丘田与我们栽种只差一天，已经扬花吐穗，我们这一丘田，大多还是大肚子的状态。

时间，就在水淹里流逝了。

就好像，淹在水下的时间，世界停止了生长。就好像你把头埋在泳池里，世界把你遗忘一样。那一刻开始，时钟停摆，跳水的人凝固在空中。

憋不住了，“哗啦”一下冲出水面，时光的弦才匆忙续上。

这一回，是第二淹。

减产，是肯定会的了。

不过，这也没什么。一介农民，几千几百年来，哪一季不是在焦虑与期盼中度过？

旱了，渴雨；雨了，盼晴。

没水的时节，深更半夜，我与父亲守在田边，看水。

在这样一片土地上，这个村庄与那个村庄的人，曾扛着锄头拿着镰刀扛着猎刀倾巢而出。眼红了的人们，只为了争那可怜的一点水。

又有多少水呢？整个池塘的水舀起来，也没有现在一个游泳池的水那么多！

可是，还是会有人在刀尖倒下。

你洗澡擦肥皂时不会记得关掉水龙头，那又怎么能理解农民对水的热望？

我还记得，也曾深更半夜地拿着脸盆，与父亲在小池塘中，一盆一盆地舀出水来，浇灌饥渴的稻田。

那是小时候的事。月亮光光，蓝辉遍野。一脸盆的水泼出去，无数碎银闪在稻田中，蹦蹦跳跳着消失了。

那样一个少年，在月光下，你有没有遇见。

现在，这一小片稻田，能有多少收成，是不是会减产——其实，我们心中早有准备。

我跟父亲说，我们现在不靠这点田谋食，就算做一个实验吧，看看尽量不用化肥，也尽量不用农药，依照时间的指点，遵从自然的法则，看可以收多少稻谷得几斤大米。

这样，是真的看老天给不给饭吃。

我心里是有这样的一个愿望，把这最朴素的土地的作品，与我的朋友们分享。一捧大米，那不仅仅是一捧大米，那是一种生活风格，一份对土地的情谊。

我常常地回到稻田去，想一想生活里的很多事，会气定神闲。

最近在读一本书——《一平方英寸的寂静》。我想，用来形容这一小方稻田，是多么合适。

这寂静，不是寂然无声，而是有蝉鸣与虫唱，有风声与雷震，在这样的声音场中，却觉得寂静。

在这样的寂静中，稻谷静静生长。

时间流逝，它们抽穗，扬花。

这是一个没有酷暑的夏天。

对于稻谷来说，这不是一件好事。但是我们依然接受这结果。要吃什么果，你就怎么栽。吃种田这口饭，这难道不是注定的事情吗？

我记得有一年夏天，赶在一场大雨前，我和父亲母亲把稻谷收割回家。当我们终于把所有的稻谷挑回家后，大雨下了三天三夜。

世界闷热。整个屋子里都是稻谷，摊在地上，暑热还在稻谷

父亲用手机拍来的“豪猪笔”。这水稻的大肚子里，就藏着我们的谷粒。

的身体里蕴藏，而我们必须时不时把它翻开，好使热量尽快散发出去。

我们搬出了家里仅有的一台电风扇，对着稻谷没日没夜地吹。三天后，还是有不少埋在当中的谷粒爆出了白色的胚芽。

今天，雨停了。

父亲高兴地从田间拍了照片，发给我看。

这水稻的大肚子里，就藏着我们的谷粒。

23

稻花是悄悄开的，除了风，它谁也没告诉

你见过水稻的花吗？

是白的。

那么细小的花，低调地开着。没有香，也没有华美的衣裳。少年在田边行走，吸引他的永远是鸣蝉、青蛙与飞鸟，他一定不会注意到稻花。一年年在村庄里长大，他也说不清稻花是怎么样的。

8 月 23 日。中午。三十四摄氏度。

我在水稻田里看稻花开。

稻花是悄悄开的，除了风，它谁也没告诉。

一株稻穗，大约开两百到三百朵稻花。一朵稻花会形成一粒稻谷。稻花没有花瓣，也很难看到雄蕊雌蕊，它们由稻花的内外颖保护。

稻花很细小。我用相机拍下来，在显示屏上放大了看，发现每一朵稻花有一根纤长的花柄，花形是一管倒挂的瘦长的高脚杯，

比现实中能见到的最瘦长的高脚杯更瘦长一些。

在光线的作用下，稻花呈现出晶莹剔透的质感。

风起的时候，整片稻田的稻禾，开始以同一种节律摇摆。就像球场上的人群，向着同一个方向，一个挨一个地摆动，试图模拟潮水或海浪。

广场舞这种东西，明显是水稻们做得更好。

村庄最大的广场已经被水稻们占领。音乐是风。但这种音乐并不产生噪音。音乐无声地响起，水稻们用叶子的摩擦相互传递信息。正好年华的稻花，在这一刻幸福地战栗起来。无数比花朵更细小的花粉，像一阵烟，在密密匝匝的稻禾与稻禾之间穿行，就像我们在人群与人群之间穿行，它们彼此寻觅，就像我们寻觅彼此。

这是水稻们的爱情。

水稻开花了。大概很少有人近距离地观察过水稻的花吧？白白的，酒杯状，好看极了。

风起的时候，整片稻田的稻禾，开始以同一种节律摇摆。

父亲还时不时蹲到稻丛中，去观察害虫、发病等的状况。拍这张照片的时候，其实太阳非常烈，照在皮肤上火灼一样。

父亲在田里查看虫害情况。褐稻虱，严重的时候，会让水稻毁秆倒伏，如果不抓紧防治，也会颗粒无收。他每天关注着虫害的情况，去县城找农技师咨询，后来我们找了生物制剂来治过一次。

我在百度上查到——

稻在自体授粉时，雄蕊上的花药会破裂，花粉相当细小，会随风力、稻的摇摆，落到隔壁雌粉上头。与雌粉子房中的胚珠结合，发育而成胚芽。

在开花时穗部气温二十八摄氏度到三十二摄氏度，相对湿度百分之七十到百分之八十五，昼夜温差达八到九摄氏度，光照充足条件下，利于水稻授粉结实。

稻花从开放到关闭，也就一个多小时。

“稻花香里说丰年”。稻花真的有香吗？我狠狠地嗅，也是没有闻到。

但是我看见风起时，花粉以烟的形态在株群之间穿行。那烟是土黄色或绛紫色的。也有可能是青色或白色的，因为它们实在太轻也太快了，就像青春，轻快得让人无法真正看清。

8 月 23 日，这一天是处暑。黄昏中的稻田，稻叶尖上一万枚珍珠在闪亮。

24

黄昏，昆虫的吟唱

如果要准确地向你描述那个黄昏，那会很困难。

很多时候美是寂静的。它难以被传达，也难以被描述。它是一个人所有的感官都被打开时的整体感受，它本身有颜色、质感、气息、味道、声音、方位甚至压力、频率，并且它包含了记忆、想象、幻觉、情绪的参与，以及其他各种各样的生命在同一刻加入，使得那一刻成为极其隐秘的私人体验。

那是 8 月 23 日的黄昏。

如果一定要加上定语的话，我可以说：那是水稻田边的、一个金色的黄昏。

那一天是处暑。我在中午拍摄了美丽的稻花，然后我在那个下午美美地睡了一觉。女儿和妻子去山边小溪里拾青蛳。在家里坐到太阳西斜的时候，我又带上相机去田边转一转。这时我发现稻田的景色呈现出一种令人沉醉的氛围。不过，如果非要描述那个氛围的话，这段话将会繁冗得令你读不下去。所以我尽量挑紧要的说一说。

例如这样——

一万枚珍珠在稻叶尖上闪亮

这样一句话，以修辞学的角度来看，是夸张。实际上我一点也不夸张。只会缩小。因为稻叶尖上远远不止一万枚珍珠。它们细小、闪亮又骄傲地挂在叶尖上，圆滚滚的。好像就在一眨眼，它们就冒出来了，我甚至来不及看清它们是怎么爬上叶尖的。水稻的叶片挺立着，非常陡峭，而露珠们在太阳落山之前呼啦一下就冒了出来。

我轻轻地走动，轻轻地按快门，生怕把露水惊落下来。

再例如这样——

二十种昆虫在低声吟唱

这样一句话，看起来也像是一种比喻。因为昆虫不会吟唱，它们只会发出声音——发出一种比音乐更动听的声音。拟声词一定是不够用的。哪怕再多十倍的拟声词，我也仍然没有办法把那些声音写在这里。当然我用手机上的录音程序录了一小段，但是至少有十六种声音在重放时消失了。

又例如这样——

每一种昆虫都以最舒服的姿态出现

显然这句话是有毛病的。我不是昆虫，我怎么知道那些昆虫是不是舒服？它们有的趴在曲线婀娜的叶尖上（让我想起“乳沟滑翔者”，那是一款首饰的名字）；有的吊在细若游丝的网上（有没有 WiFi 信号）；有的正拥抱着一枝叶片，含情脉脉，相看两不厌（Hi，请问你叫什么名字）；有的把自己伪装成植物的颜色，冷眼旁观，或掩耳盗铃（我为你感到害臊）；还有的，嗯，看起来很无聊，我真的不知道它在干什么。

还有一大群鸟在天空飞来飞去。两只鸟站在电线上一动不动。不过，不管是鸟还是昆虫，我都相信它们是很放松的。它们呈现了各自生命中最舒展和自然的一种状态。它们都很慢，看起来没有战争，也没有杀戮，敌人与猎物相安无事，至少表面上看来是这样。

于是，这才有了这么一个宁静的黄昏。

太阳渐渐地落山。田野暗下来。青黛色的炊烟在村庄里飘起。

稻叶上的昆虫。

狗尾草和狼尾草们也长得很高了，显出盛夏的繁茂。

细小的稻花悄悄地闭合。

（在公众号上，上一篇文章发出后，莫小米老师说：“吃那么多年饭，才知道，一朵花结一粒谷，一碗饭得开多少花啊。”）

稻叶尖上的露珠愈加地硕大了。

它们颤颤巍巍，摇摇欲坠。但就是不坠。

女儿早已从小溪边回来，站在田边唤我，说奶奶已把饭烧熟，快回家吃饭。

于是我收了工具，在田埂上走过，及膝高的草叶上的露水纷纷尖叫着扑到我的裤腿上。沿途都是虫声。我牵起女儿的手慢慢走回家。

我在微信公众平台上发了这篇文章，把拍到的几种昆虫的图片也发了出去。那几种昆虫我都说不出名字，所以我想请教一下朋友们——还承诺了，给出最准确答案的朋友，将会得到我的签名书一本。

认识一种昆虫，我觉得比认识林志玲重要。不管你同不同意。

黄昏中飞鸟归林。

25

我想和你相互浪费，以及几种昆虫的名字

昨晚读到一首很好的诗，诗曰——这样一“曰”，容易进入那种诗的状态。曰：

满目的花草，生活应该像它们一样美好
一样无意义，像被虚度的电影
那些绝望的爱和赴死
为我们带来短暂的沉默
我想和你互相浪费

一起虚度短的沉默，长的无意义
一起消磨精致而苍老的宇宙
比如靠在栏杆上，低头看水的镜子
直到所有被虚度的事物

在我们身后，长出薄薄的翅膀

诗的作者是李元胜。我在这里录了半首。半首，也能读出它的好了，如果还想要，你就去百度搜索。我不能把所有的美都呈到你的面前。自己花了力量去寻找，那样的美，至少能在心上停留的时间更长一点。

这样和你说话的时候，其实，我心里有一大块的背景，那是我的村庄，以及田野。每个人说话的时候，心里都是有背景的。很有背景的人，来自呼伦贝尔草原，他是一个牧羊人。水手有着更大的背景。他的皮肤黑黝黝，他的背景是大块的黑幽幽，望不到边。他是牧风者。

我想和你相互浪费：当我在稻田边的时候，我就是这样想的。

我眼前是婆娑的稻叶，古典的稻花，乱来的野草，沉默的羔羊（在夕阳西下的芝麻地里），还有宠辱不惊的昆虫。

说到昆虫，我跟多数人一样都是虚假的爱好者，我连它们的名字都大多叫不出来。当然这也没有什么好奇怪的。世界上的人那么多，你能叫得出名字的又有几个。

昨晚我把几种昆虫图片发布出来，向大家求教，结果大家给出的名字很有意思。

21:10 吕峰：硬壳甲虫，蝗虫或蚱蜢，蜘蛛，蝴蝶；

21:19 大头珏珏：金龟子，蟋蟀，蜻蜓，蝗虫，菜叶蝶；

21:31 海啸：瓢虫，蚱蜢，蜘蛛，蜻蜓，蝴蝶；

21:51 泡沫之夏：乌龟虫，蚱蜢，头发虫，蜻蜓，青虫，蝴蝶；

21:58 爱Q的将军：卷叶螟，红蜘蛛，蜻蜓，蝗虫，不认识，疑似白蛾。

说一只蝴蝶是蝴蝶，就好像说一条河是江，说一个姑娘是女人。对是对的，就是不过瘾。我自己从小在乡野里长大，对大的动物几乎都能叫出名字，但乡下人心思粗疏，对那些很小的东西，一概以“虫子”称呼。大概，乡下人觉得那些都是无用的，要知道那些干什么——这虫子那虫子，不过都是虫子。

其实正是那些无用的东西，才让我们的日子变得不一样。

然后今天我收到一张截图，那上面排列着这样一些字：

鞘翅目某种

直翅目某种蝗

蛛形纲某蜘蛛

蜻蜓目某蜓

某蜘蛛

直翅目某种蝗的若虫

鳞翅目眼蝶科某种眼蝶

太棒了。这样的回答让我惊叹，觉得那些小昆虫一下子有了科学的美感。

这位大神还补充道：

田间的昆虫，来去自由。

两个直翅目的，可能是一种，只是不同年龄段；两个蛛形纲的是一种，只是性别或者拍照光线的差异。

他说："没办法，定到种很难，要严谨，不能瞎说啊。"

登时让我崇拜得五体投地。

这位大神姓熊，是我弟弟的同事，生物学学士，生态学硕士，生态学博士，人现在美国，干什么呢？既不是去发财，也不是去泡妞，而是……反正，就是做一些没用的事。

比如，认认虫子。

其实熊博士并不那么擅长认昆虫。他最擅长的是认各种各样的鸟。这一点就更让我佩服。认真的人是最萌的，比如谢耳朵。

一只鸣蝉。

曾经有一首网络歌曲《两只蝴蝶》很火，那首歌里唱道："亲爱的，你慢慢飞，小心前面带刺的玫瑰。"这个歌通俗，歌词也通俗，通向俗气的不归路。如果是我来写这个歌词，我会按照熊博士的思路来进行，句子很可能就成了这样：

> 亲爱的，请你以时速五点六公里每小时的速度滑翔，
> 小心前面带刺的蔷薇科蔷薇属植物。

我给这首歌起个名字叫作——"两只枯叶蝶"。

意境会不会不一样？

我也很怀念那一个在田埂边上虚度的夏日黄昏。我面对直翅目某种蝗、蛛形纲某蜘蛛、蜻蜓目某蜓及鳞翅目眼蝶科某种眼蝶，静静地按下快门。

长的无意义，短的沉默，满目的野草，我们相互浪费，彼此虚度。

只有稻子并未虚度，它距离成熟又近了一天。

最后，奖品就颁给人在美国的熊李虎博士了。颁奖词：他以严谨的模糊赋予科学以诗意的美感。

26

稗子简直是一个励志的故事

9月7日。晴。

早上，父亲挑上水泵，去田间灌水。

田间一角，有一口浅井。十几年前挖的。那时大旱，田畈边的一小口池塘根本供不上大片稻田的用水，纠纷四起。后来不知道是谁想出的法子，在自家田头挖了一口井，用电泵抽上水来灌溉。

于是，好多人的田头也都挖了井。

那井只有两三米深。没有井圈，也没有围栏。杂草四蔓。水泵接上电，管子里就哗哗地冒出水来。看得见井下沙层里的水，如泉一样涌出来，刚好够得上一支电泵的工作量。

距离这口井两里路不到，就是一条河。那条河在我小时候，河滩有百来米宽，现在只有三四十米宽。在每年雨季，此河都会如黄河一样泛滥，深山的暴雨大水齐集狭长的山谷，一路汹涌奔腾而来，到了我们村这片平原，地势突然开阔，河水就汪洋开来，田野有如泽国。

掏井时可以看到，在田野下方，都是沙层。

这也就是说，在若干年前，这些田野也都是河。

河流改道，对河来说简直是日常事务。河水每年的足迹都是不同的，想怎么流淌，就怎么流淌。一场大水，就好像河在伸胳膊踢腿。束缚惯了，使一使性子，乱来一次，结果又走出一条新道来。

水泵“嗡嗡嗡”地工作，把那些穿透沙层而来的河水，抽到田间。

父亲走到田间，把夹杂在稻禾中的稗子拔除。

我说，不妨就留着它。

父亲说，稗子比稻子贱。贱的意思是，稗子的生存更顽强。起先，它夹杂在稻禾中间，低调得很。经验不丰富的人，轻易无法看出两者的区别，靠人力把它完全清除，那几乎是不可能的事。然后，慢慢地，稗子疯狂生长，比稻禾长得更高，获得更多的阳光雨露，也争夺更多的养料水分，更迅速地结果。你不是看不上它吗，它偏要生给你看。然后，不及稻谷成熟，稗子就率先熟了，风一吹就落了，散落在田间的泥土中。明年，稗子又重新顽强生长出来。

稗子是永远清除不完的。

稗子简直是一个励志的故事。

《圣经》里就有一个关于稗子的故事——

耶稣又设个比喻对他们说：

天国好像人撒好种在田里，及至人睡觉的时候，有仇敌来，将稗子撒在麦子里就走了。到长苗吐穗的时候，稗子也显出来。

父亲把水泵放进田头的浅井。我小时候，经常是用脸盆手工作业，整夜给稻田“灌溉”。月光照着我们在池塘里劳动。泥鳅和鲫鱼都是很多的，哈哈，有时也有水蛇，从小腿肚边游过。

父亲走到田间，把夹杂在稻禾中的稗子拔除。

田主的仆人来告诉他说："主啊，你不是撒好种在田里吗？从哪里来的稗子呢？"

主人说："这是仇敌做的。"

仆人说："你要我们去薅出来吗？"

主人说："不必，恐怕薅稗子，连麦子也拔出来。容这两样一齐长，等着收割。当收割的时候，我要对收割的人说，先将稗子薅出来，捆成捆，留着烧；唯有麦子，要收在仓里。"

这些日子，太阳热烈起来了。这对稻谷来说是好事。

大概一周前，水稻开始灌浆。

每一粒青色的稻壳里，都有谷浆汇聚。白色的，有点像椰子汁。谷浆汇聚，在烈日下浓缩，逐渐变硬，就成了谷粒。

这是一种稻病害。整穗枯死，一粒收成都没有。

这是因为天气状况不好，稻穗上结成一粒粒的黄色粉球。

水稻结实，越来越好看了。我站在田头，随便拍一张照片，都是纯美的景色。

大米，是这样形成的。

水稻在灌浆以后，天气好坏及田间管理，就变得更为重要。不能一直湿，也不能一直干，要采取间隙灌溉的方法。灌一次浅水，可以维持两到三天，等田土慢慢变干，再灌上新水。

从结实到成熟，水稻对水分的需求旺盛，要防止田土干到发白，但也要保持田间土质硬板湿润，泥不陷脚。这样，能提高水稻根系的活力，也能防止倒伏。

到了水稻收割前一周，开始断水，以促进谷粒成熟，便于收割。

父亲说，今年受天气影响，高温日不多，使得这季水稻的成熟时间要延迟几日。具体要延迟多少天，还要看水稻近期的生长情况。

往常一般会在9月26日前后成熟。如果延迟五六天，就是“十一”长假。上次就有朋友说，收割能否安排在长假期间。看来，这个愿望大概可以实现。

太阳热烈起来，这对稻谷来说是好事。稻谷正在一天天地成熟。

27

稻谷是在鸟叫声里成熟起来的

9月30日。晴。

稻谷是在鸟叫声里成熟起来的：布谷叫一声，稻谷黄一点儿。画眉叫一声，稻谷又黄一点儿。紫啸鸫、黄雀、褐头鹪莺叫了一声又一声，稻谷黄得手忙脚乱。秋分一过，田里悄无声息就黄了个遍。鸟叫是因为天凉了，愁吃愁喝。谷子一黄，鸟不愁吃喝，仍然叫，是因为高兴坏了，呼朋唤友。

无花果和板栗是在松鼠尾巴扇动的风里成熟起来的。父亲在屋后园子里栽了两棵无花果树，树上结了四五十只果子，大多又青又小。在四五十只果子中，有一两只率先成熟，父亲每天都推门去园子里看。今天看，还没红。明天看，还没红。后天看，红了，可是已经被松鼠捷足先登，吃了大半。松鼠的大尾巴像一把火箭推进器，把松鼠从这个枝头稳稳推到另一个枝头，而不会落下。松鼠的行动曲线符合数学规律：弧度小，平而滑，是正弦还是余弦，我不清楚。尾巴大身子小——父亲推门而出，看见无花果树上一只松鼠正急速遁去，背影灵动——他只能看见松鼠的尾巴，看不见身子。至于高高的板栗树上，松鼠向鸟儿学习飞翔，一阵风来，板栗从壳中脱落，“啪啪”掉到林间，这声音吓到鸟儿与松鼠，乌鸫“呼啦”一声从叶间飞出，朝两点钟方向直线前进。松鼠悄无声息从枝头跃出，推进器加速，使其向五点钟方向推出，几秒钟后动力缺失，松鼠以余弦——多余的弦音：被风吹散的姿态，掉下来，掉下来，落地后抖动尾巴，又飞快地蹿到另一棵树上，眨眼之间就消失在树叶之间。

屋后园子里的无花果，是在松鼠尾巴扇动的风里成熟起来的。

桂花也开了，落到树下的竹匾里。父亲簸去花里落下的树叶和杂物。

稻谷已经成熟，再过一两天就可以收割了。

28

父亲把屋檐下的打稻机搬出来

10月1日。晴。

父亲把屋檐下的打稻机搬出来：这手续颇有些复杂，先是去除攀结的蛛网，然后卸去覆盖其上用以蔽雨的石棉瓦及草束，解开缚角的绳子，再缓缓放平。一身的灰，不管是父亲还是打稻机。

那是一台历史悠久的机器，半个多小时后父亲用布擦去厚厚的灰尘，灰尘下面的字迹便会浮现出来：前面是“颗粒归仓”，左面是“一九八六年”，后面是“五谷丰登”，右面是“周全仔办”。这些都是青年农民周全仔的笔迹，当年他从公社农机厂用平板车拉出这台崭新的打稻机，十几里路花了他整整半天时间才走到家——路不是很远，打稻机真的太重。那是一个大家什，那时整个生产队三十多个农户只有三台打稻机。

农机厂厂长叫作傅克昌，昌盛的昌。父亲一边用水擦洗打稻机上的灰一边和我这样说。二十八年前父亲咬牙买下这台打稻机，在整个村庄都是非同小可的事情，一百五十元的价格还是有人情的因素在里面：厂长傅克昌和父亲关系不错，那时父亲是乡电工，认识的人不少。厂长专门用杉木板做的打稻机谷仓，若用杂木做，不仅死重，而且不耐用。父亲为什么肯花一百五十元钱置办一台打稻机？因为种田季节不等人。生产队的打稻机不够用，一家一户轮着借一天都不行，每年总有几户落在后面。

四亩多田每年要交四百多斤公粮，一千四百多斤余粮。公粮是一定要交的，你不交当兵的人吃什么，公家人吃什么。余粮也是一定要交的，国家粮食紧张，你不交粮人家就要到你家里去搬。交余粮，国家是给钱的，一百斤稻谷九块五。卖一千斤余粮，国家也不过是给你九十五元。卖两千斤稻谷，换不来一台打稻机。那时猪肉是八角一斤，你想想看。

有了打稻机的青年农民周全仔在村庄里是一个吃香的人，总是有人来跟他借打稻机。借打稻机的人排着队上门，他们商量好了各自收割的时间和插秧的时间。他们把时间用得密不透风，当然也滴水不漏。

现在父亲把屋檐下的打稻机搬出来。因为再过一天，水稻就要收割了。

打稻机后面有两根突出的木头棒子，就像打稻机的尾巴，是打稻时人站的地方。我小时候跟这两个棒子有着深厚的交情：每当田里的稻打完一大块的时候，我们要把打稻机往前移一点。两个大人在前面拉打稻机，我们小孩就在后面推，满仓的谷子沉沉的，不推它，打稻机自己不会走的。小孩有多少力气自是不能知道，但是你推了那也是在有劲一处使。几个人一起使劲让打稻机在稻田里前行，这样的时候应该有风在空旷的田野里吹起来，那是很

父亲把屋檐下的打稻机搬出来，整修一下。因为再过一天，水稻就要收割了。

给打稻机上润滑油，修理损坏的部件，是收割前必不可少的工作。

快乐的。

稻谷的收割是一件并不轻松的活计，跟插秧比起来，割稻简直是一件更苦的差事。它是强体力劳动。同时稻叶会在手臂上割出浅浅的血痕，不疼但是很痒。长时间的弯腰挥镰割稻也是一件累极的事。一边脚踩打稻机一边手捧稻把脱粒更是一件技术活。而奔前跑后“落窝怕”（方言，意思是“搂稻把”）是孩子们的事，那件农活乍看起来颇为轻松，实则十分累人。所以，在这样繁重而辛苦的劳动中，推打稻机，都成为一件值得期待的事——推拉，用力，滑行，停落——这是繁重的割稻劳作中的调剂：腰可以直一直，头可以抬一抬，看一眼远方，感受一下风。

好了，这跟打稻机的尾巴有什么关系？关系就是：在打稻机快速滑行的时候，我们可以快速地站在那个棒子上，随着打稻机一起滑行。

冒着被呵斥的风险，偷偷地站上去，三秒钟，或者五秒钟，飞翔。

在父亲弯腰为老旧的打稻机上润滑油的时候，我弯腰查看那两根尾巴棒子：那上面还可以看到脚丫子泥印。那三秒钟或者五秒钟，真的很快乐。比你现在玩上一整天的游戏还要快乐。

29

一把镰刀上煅着“野栗”两个字

10 月 1 日下午。

七把镰刀，闪着白光。

父亲一把一把在石磨上磨着，唰唰唰，唰唰唰，然后举起镰刀用拇指去试刀刃的锋利程度。他把每一把刀都磨到自己满意为止。

七担箩筐，沉稳笃实。

往年收割季开始之前，篾匠是乡村里最受欢迎的人。每家每户都要把箩筐、谷篼、竹簟（diàn）、扫帚等农具整修一番。竹子黄色的新篾，缝补在棕色的老篾之间，用不了多久，新老成色就会浑然一体。可是那摊晒谷子用的竹簟，现在已经没有了，我们家也好多年前就没有了。我跟父亲说，这个竹簟要是还有人家在用，我们要去收一件来收藏。

我看到有一把镰刀上煅着“野栗”两个字，很有意思。在我印象中，镰刀这样的东西似乎从来没有人会在上面煅上标志的，不像剪刀可以刻上“张小泉”。

父亲在石磨上磨镰刀。

箩筐、谷篼、竹簟、风车上倒是都会用毛笔号上字。风车上写的是“去浮存实”“公元一九九〇年办”。父亲上到高中，毛笔字写得不错，至少比我好很多，不仅自家号字，村里乡邻新办了农具，有的也会请父亲去帮忙写字。

每一席竹簟，每一只箩筐，每一条扁担，上面也都会号上字，写上某某年春或秋，某某某办。不过谷耙上似乎是没有谁号上字的。锄头也没有。扫帚，当然就更没有了。

30

俯身拾稻穗的父亲

在一株稻子里看见光阴。

几个月前栽下的水稻，这会儿已经成熟：沉甸甸的稻穗压弯了腰身。

本来预计是在 9 月下旬收割。结果可能因为今年雨水多，天不够热，成熟期拉长了几日，到 10 月 2 日才收割。

正好是国庆节假，方便朋友们一起过来参与收割。

9 月 25 日，我给大伙儿发了一个通知："10 月 2 日，割稻子，住帐篷，看星星，一起去吗？"

结果呼啦啦收到一大片回复："我已经不记得有多久没有看见过星星了……""我要带孩子去看星星……""我想去上次去过的小溪捉螃蟹！"

这天，我们的稻田又来了三四十位朋友。

几个男人一起，扛出沉重的打稻机，一起用镰刀割稻。这些活儿，不要说孩子们，就是很多成年人都是没有体验过的。

洒下的汗水，终于换来黄澄澄的稻子。

稻田里一片金黄。

所有人都发出惊叹。虽然时常能从我的微信上看见水稻的生长，但是真的双脚踩到田间，面对一片金黄的稻田时，大家还是难抑激动之情。

简单地分了下工，稻田大学校长亲自讲授了一下关于收割的注意事项和安全事宜，大家就迫不及待地纷纷开工了。

然而……大伙割稻子的水准果然很业余！

眼前景象，倒是让我想起从前割稻子的时光。

父亲教我：大概要七八株稻子合为一个稻把，这样稻把的大小，宜于打稻（脱粒）；一个稻把割好，在田里放平时，用稻叶顺势卷一卷，这样方便搂稻把操作；一个稻把与另一个稻把，交叉相叠，形成稻堆，这样也方便打稻机拉到稻堆跟前……

真要说起来，这里头学问就太多了。

每一处细节，都值得讲究。即便是割稻时一个手势，稻穗向上举或向下垂，一个稻把摊平落地的轻或重，都可以显出你对于这稻谷的态度。稻穗向上举，稻把容易弄乱，而向下垂，一根根稻穗可以井井有条；稻把落地时，若力量太大，很可能把成熟的谷粒震落田中，无谓浪费，轻轻放下，则可避免这样的损失……

所以，我把现场收割的照片一放上朋友圈，马上就有一位懂行的朋友回复消息，说这样给大家一折腾，“会让水稻的收成减产几十斤！”

几十斤，当然是夸张了。不过有的小朋友因为收割的技术不过关，稻穗遗落在地的可有好些。我注意到一个细节：父亲等大家散了，在田间细心地拾稻穗。

收割这天，稻田里又来了三四十位朋友。大家一起扛打稻机，一起用镰刀割稻。这些活儿，不要说孩子们，就是大人很多都是没有体验过的。

孩子们第一次割稻。

父亲手捧着沉甸甸的稻穗露出笑容。

只有农人才真正知道——粒粒皆辛苦。粒粒都是汗水凝结而成。那么多艰辛都付出了，终于等来收获，岂肯让稻谷白白地浪费在田间?

父亲俯身拾稻穗的身影，一下打动我。我也学着父亲的样子，在收割过后的田间，在打过稻谷的稻草堆里，细细搜寻一株一株被遗落的稻穗!

父亲的身影，也让我想起法国画家米勒在1857年创作的油画——《拾穗者》。麦穗也好，稻穗也好，我相信，拾穗的农人，其实是在弯腰向土地致谢。

2014年10月16日，是第三十四个“世界粮食日”，主题是“家庭农业：供养世界，关爱地球”。显然，人们在关注农业的现代化进程时，也在思考粮食与家庭这具体的个体间的联系。而这似乎与我在做“父亲的水稻田”时的想法不谋而合。

“秧——稻——谷——米”的演绎，在大地上年复一年，漫漫无尽。从插秧到收获，这几个月的劳作历程，让我们看到一粒稻谷的生命历程。对农耕文化敬仰的种子，希望能在孩子们的心中落地发芽。

若能如此，我做这件事的意义就达到了。

父亲用箩筐把稻谷挑回家去。

31

正在消逝或已经消逝的东西

稻　桶

和打稻机起到相同作用的东西。打稻机属半自动，这个稻桶就是全手动。打稻机里有一个钉满倒U形铁环的圆形滚筒，人站在打稻机前，用脚踩踏板，机械部件可以带动圆形滚筒转动起来，这时把稻把放在滚筒上，滚筒上凸起的铁丝就会把谷子从稻草上打下来。

稻桶呢，就是一个圆形的木桶。人举着稻把，用力地把稻穗一次次摔向桶壁，直到把谷粒全部震落为止。稻桶现在已经没有人使用了，我只在图片上见过。打稻机也用得越来越少。

竹　簟

晒稻谷的东西。从农具的角度来讲，它是乡村里最大的农具，

《天工开物》中，纯用人力脱粒的稻桶。我没有用过。

它长约六七米，宽约两米多。晒垫的材料为竹篾，薄薄的，也很柔软，平时卷起来，要用的时候才摊开。除了晒稻谷，也可以用来晒冬瓜干、晒南瓜干、晒芝麻粒等等。

竹簟很脆弱，必须小心保护，每天傍晚收稻谷的时候，必须脱了鞋，赤脚踩到竹簟上。否则，万一竹簟下有个小石子，鞋踩上去，就会把篾条压断。

自从有了水泥地晒谷坪，竹簟使用得越来越少了。我好多年没有看过篾匠，更没有看到篾匠新制竹簟——等现在仍然使用的竹簟都破掉之后，竹簟大概也要从村庄里消失了。

❶ 晒稻谷时，要先把稻子摊开在竹簟上。

❷ 母亲用翻谷耙在翻晒稻谷。翻晒稻谷，这简单的四个字，其实过程也是相当复杂：一道道地筛，去除稻叶、杂草；一遍遍翻晒；每天傍晚太阳下山前要收起来，早上太阳出来后晒出来。还要时时担心变天——一旦变天下雨，谷就会被淋坏。母亲也因此练就过硬的“看云识天气”的本事。

❸ 稻谷要连晒三天才算干。

❹稻谷晒干，再用风车扇去秕谷。

❺风车转动，质轻的秕谷、灰尘就被扬出车外，只有质重的谷实落入箩筐。

❻风车风好的稻，用畚箕装进袋子里。

翻谷耙

晒稻谷的东西，看起来就像猪八戒的耙，但柄更长。稻谷晒在竹簟上，每隔一两个小时，要去翻晒。翻晒稻谷也不能蛮干，要用巧劲，否则容易把竹簟弄破。横向耙一道，纵向耙一道，这样才能把稻谷翻均匀。连晒三天，稻谷才能晒干。

风　车

不是荷兰的风车，是扇谷子用的风车。这东西真是精巧，我在江南各地看到的风车都差不多构造。风车顶上是一个谷仓，风扇外边有一个控制谷物流量大小的档把，档把是个开关，一打开，谷仓的稻谷就像水一样流下来。摇动扇柄，风便在车斗内旋转，经过风道，吹动流下来的谷物。这时，质轻的秕谷、灰尘就被扬出车外，只有质重的谷实落入箩筐。风车上通常会写几个字，“去浮存实”，既是对风车这个农具功用的概括，又是对为人处世的提醒。不知道这风车是何朝何代何人发明，真是巧夺天工啊。

32

且把新柴煮新米

稻谷收割，及收割后的劳作量是很大的。我也生生把这个国庆节过成了劳动节。谷子收获后，紧接着就是翻晒。我们都没想到这几天秋阳这样好，真是幸运。晒三天。晒的时候，每隔一个多小时，要去翻动一次。每天在太阳落山前收起来，第二天等太阳热烈时，再摊开来晒。这样地晒了三天，谷子干透，拈一粒入口中带壳咬之，嘎嘣脆了。当晚即联系了村庄里的老碾坊，约好次日碾米的时间。

碾米或叫舂米，我母亲记忆中还有用石碓和水碓的，也有手工在石臼中磨碾，使谷粒去壳成米。石碓和水碓，村庄中已经没有，我倒是在一些景区见过，但那些只是怀旧的摆设了。村庄碾坊里现用的碾米机，是用了三十多年的老机器，“浙碾II号”。机器上积满毛毯一样厚的灰尘。碾米师傅在我小时似乎就是做着这件碾米的事情，他的容颜似乎与这碾坊融为一体，从未变老，但似乎也从未在记忆中年轻过。

晒三天，晒干了稻谷，再送到碾米坊去碾磨。

我用力刮去碾米的机器上的灰尘，铭牌上的字迹显现出来：

横式铁滚筒碾米机

浙碾 II 号

×× 动力 10—12 马力（×× 两字无法辨认）

转速 650—750 转 / 分　产量 1000 公斤 / 小时

出厂编号（已缺失）　出厂日期（已缺失）

浙江兰溪女阜区农机厂

一箩筐一箩筐的稻谷，被倒进碾米机上部漏斗型的谷斗中。碾米师傅，唉，这个我已经叫不出他名字的本村老农，一边凭经验不断移动着控制流量的插片，一边和我父亲在嘈杂的机器声中大声地聊天。夹杂着谷糠的米粒就像流水一样从机器的口子里泄下来，一个箩筐浅下去，另一个箩筐满上来。

这是老旧的碾磨办法，这台机器已经用了三十年。

期间不断有老妇走近碾坊，在门口探出脑袋跟我父亲说话：哟，这个是你大崽啊。都认不到了。介长的头发，还以为是个女仔哟。村支部书记志远也在碾坊里和我聊了一会儿。他是碾米师傅的儿子？原来是的。他给他爹送一把钥匙过来。志远书记和我聊大米的事情，他说现在有一种竹稻，是竹子花与稻子花的杂交品种，这个品种的水稻在扬花的时候能散发出竹子的清香。竹稻做饭不好吃，他吃起来觉得是干巴巴，但是煮粥却很好，浓稠得很。据说这个新品种营养非常好。我说，这样的竹稻品种，以前没有听说过，有机会的话我也种上一点试试。

我们今年种的水稻品种，是“Y 两优 2 号”，这是种子公司推荐的品种。中午我把新碾的米煮了一些来吃。且把新火试新茶，我是更把新柴煮新米。煮出的新米色泽晶莹，清香扑鼻，口感绵软有黏性，很好吃。然我母亲却说不喜，说这饭还是太腻人。她喜欢吃那种散饭，饭粒黏性不强，碗里浇一点菜汤，饭就一粒粒散开，这粒与那粒纯然无涉的那种——如以前我们叫的是捞饭，早上煮粥，再把饭粒捞起，中饭和晚饭都炊那捞起的饭。这种捞饭，米油都到粥汤里去了，营养也都到粥里去了，因此不黏。这一二十年，我们都不再捞饭，因有电饭锅，顿顿新煮，但母亲至今仍喜欢吃那种捞饭，有时去人家吃喜宴，都是大饭甑蒸的捞饭，母亲都要多吃一碗。

刚从“浙碾Ⅱ号”里流出的米粒，是与糠混杂在一起的。需要风车扇两道，去糠与米粒分开。糠是喂猪喂鸡的好食料。

风车扇过两道，米粒洁白可人。一百斤稻谷，大概可以碾出七十斤大米。

且说回头。这样的碾米机加工出来的大米，是糙米。带着谷糠。于是又要上风车扇上两道。这样碾的米和超市里的大米是不能比，超市里的米一粒粒油光发亮，令人生疑，我手上的新米，仿佛是玉色的磨砂色，并不油亮，有些还是碎了，朴实得很。母亲说买来的大米放上半年，不会生米虫。而我们的大米，放在仓库里一年，保证会生虫子。虫子是聪明的，虫子也会挑有营养、没危险的大米来吃。然而有虫子的大米，人连同虫子一起煮来吃，那是不是就会更营养了呢。

母亲还让我要跟大伙说，我们自产自碾的大米，你在淘米时就可以发现，米汤色浊。这是糙米的油。这样的米不需要淘洗多遍，最好是淘一遍就够了，把这样的米油尽数洗去，那就没意思了。这也是跟超市米大区别之一样，超市米在淘洗时，淘米水是清清的。

昨天一整天我都在忙碌：上午去碾坊碾米，中午去拿了纸箱子，下午一家人一起把新碾的米装袋扎紧，装箱，发货。到了傍晚，终于把几百斤大米送到了县城的快递公司。这些大米的去向，北到东北三省，南到海南之岛，西到贵州遵义，东到东海之滨。有的邮费都颇有些吓人。然而我们实在都很开心，看着一箱箱一袋袋的大米都从我的手中递出去，递到你的手中，一起与天远地远的朋友分享这从春到秋的劳动成果。连快递公司小哥都觉得惊奇，竟然有那般遥远地方的人，从我们这样的小山村买一斤、十斤或几十斤米去吃。我说，这哪里是一斤十斤米呢——我说的是实话，这真的岂止是一斤十斤米呢。

这是我们一起种的大米：从一小方稻田，到一小碗大米，所有的辛劳都在这里了。

我把新碾的大米装箱，给各地的朋友们寄出，一同分享这收获的喜悦。

稻田收割后，系好的稻草静静站在田里等待晒干。往年稻田中常见高高的草垛，现在草垛都不常见到了。唯有手工收割，才有那样的草垛。

附录1　菜　经

❶ 清明豆、茄子、豇豆、辣椒、丝瓜、菜豆、黄瓜、南瓜、冬瓜、番薯、空心菜，清明前后都可以下种了。

❷ 在下种前十天，准备耕种土地。施复合肥，再翻耕；十天后，再把地翻耕，平整，播种。

❸ 清明前后播种，怕有低温天气，用薄膜覆盖更稳当。每星期掀开薄膜浇水一次。若有大太阳天气，清晨把薄膜两头掀开，使其透气，傍晚重新覆盖。阴天、雨天不需掀膜。

❹ 播种一个月左右可以移栽瓜豆之苗。适当浇水，移栽一周后可以施以少量有机肥。

❺ 有藤能攀援的瓜豆，如豆角、黄瓜、丝瓜，在瓜秧一尺长时，用小竹条搭架子，供其生长攀爬上架。

❻ 进了梅雨，可以扦插番薯。雨水多，易出根。

❼ 南瓜、冬瓜结果时，最好不使瓜落于地面，可铺一层干草。若是落于地面，不仅瓜易烂，瓜形也会东倒西歪。若是能搭藤架，

一个个瓜挂下来，也当风景看。

❽ 豌豆、蚕豆，在 11 月番薯挖过以后播种。不需移栽，每坑三粒种，起码半月之后才出芽。种这两样豆，十分省力，不用施肥，偶尔除草即可。豌豆苗掐尖可食。次年三四月间可采食嫩蚕豆，生食也可，口味甘甜。成熟时豆荚黄了，把豆棵拔掉，地正好用来扦插番薯。

❾ 马铃薯，不要太早排种，出芽后易被霜打掉。正月里排较适宜，天气转暖。也有人在头年 12 月排，秧苗出来，碰见落雪、冰冻，易打死苗子。正月排种的，在 5 月间梅天内挖了，刚好栽番薯。六七月间也可以排马铃薯，在 10 月间落霜时节去挖。

豆角。

豇豆花，极秀气。

辣椒。

苦瓜开花结果。

⑩ 黄瓜有青皮、黄皮两种。早年青皮不多，都种黄皮，现在大家多种青皮，产量较高。青皮是杂交品种，农家多不留种子，自留的种子不如买来的好。种子站里一包种子两块钱。

⑪ 丝瓜，都是自家留种子。土种丝瓜口感更鲜、更软，更好吃。丝瓜成熟时，拣藤上最长、最大的，做记号不摘，任其生长，到落霜时摘来放在阴凉的窗台等处风干，次年清明再取种子播种。一节丝瓜的种子，一个村庄都够种了。丝瓜络可刷锅洗碗。

⑫ 辣椒也自家留种。买的辣椒品种不辣、壳厚，味道也没有土种鲜美。成熟红辣椒摘后剖开，取种子晒干保存。

⑬ 马铃薯放在屋角阴凉处，正月里天气转暖，自会发芽。大个马铃薯可以像水仙球一样，依芽的位置切成几块，分别种下去。

辣椒、丝瓜、大豆、马铃薯、南瓜、番薯的种子。

⑭ 苦瓜也是清明边种，和黄瓜差不多时间。

⑮ 老古传说："懵里懵懂，清明下种。"就是懵懂之人，也知道在清明边上，什么种子都可以下泥了。

⑯ 自家留种的有：辣椒、丝瓜、大豆、马铃薯、番薯。

⑰ 西瓜就说不清了。现在大棚培育，有些瓜农在正月里已经育出瓜苗，天气暖和一点移栽，都是种在大棚中，可以早成熟，早上市。农家如种三五株，一般是清明前后和黄瓜同时种，同时摘。

⑱ 甘蔗，清明边上排种。斫成一节节，一节一个芽，埋入泥中即可。

⑲ 白菜，9月下旬播种，晚至10月下旬也可以播种。白菜秧苗手掌一般长时，可移栽，每株间距二三十厘米。

冬天，菜园里种青菜、蒜苗。

西红柿刚结出来，还是硬硬的青色。

⑳ 白菜的品种很多，乌冬青、上海青、五月漫、高梗白等。五月漫成熟最晚。高梗白梗多叶少，揉冬菜比较好。上海青的梗比较矮。这几个品种搭配，收获时间长，可从冬天一直吃到春天。

㉑ 包心菜，有春包、冬包。春包，头年12月买苗来栽，到次年4月间食。冬包大约在五六月间种下，冬天可食。

㉒ 花芥菜，叶子细碎。口感苦，不宜新鲜吃，专用于揉制咸菜。湿咸菜（雪菜，即雪里蕻）炒笋好吃，干咸菜蒸猪肉好吃。花芥菜9月间播种，太早了会抽芯。番薯挖了后栽种，到次年3月间砍来揉制雪菜，清明边上炒春笋，好吃。

㉓ 湿咸菜，花芥菜砍来，洗好，晒一天，大盆里放盐、揉熟至浆水出，揿在坛子里，要极紧。不紧要烂。半月可食。

瓜架。

㉔ 干咸菜，十分费事。老古传说："拿咸菜送人，宁愿拿猪肉送人。"咸菜难弄。干咸菜揉制的时候，没有好天气，晒不出来，会变酸，不鲜味。花芥菜砍来，洗好，晒一天，放盐揉熟，放在大木盆里石头压着渍上两三天。然后一定要有好天气，晒四五天，晒干为止。边晒边捏，把汁浆捏出，用碗接着备用。咸菜晒干之后，把汁浆放入锅中煮开滚沸，把咸菜揿入钵中，汁浆倒入浸泡一夜，第二天拿出来晒，晒三四天，晒干为止。然后收藏在坛子里，置放阴凉处，可以吃好多年不会坏。年景乱的时候，洋钿背在身上没人要，咸菜是有人抢的。咸菜可以果腹充饥，可以救命。

㉕ 这几年自家都用白菜来做咸菜，口味似乎比花芥菜做的更好。

㉖ 还有不会压冬菜的人吗？白菜，用高梗白。有的人喜欢白菜洗后趁新鲜压下去，过几天吃。我们家喜欢砍来先晒两天，晒蔫，再洗净压下。前者更酸。后者有嚼劲。洗后也要放盐揉过，把汁浆揉出，用石头、棕叶压在坛子里。压十几棵白菜即可，吃完再压。冬菜炒萝卜丝，冬菜炒冬笋、炒猪肝，都好吃。

㉗ 马兰头，自家去野地里连根挖来种在地里，9 月种，正月里可以吃。

㉘ 荠菜，我们这儿没人种，想吃时，去野地里采就是。

㉙ 农历八月排大蒜。这个没有特别讲究，大热天，水要跟上，最好每天浇一次。山上砍来大叶蕨，铺在地上，大叶蕨蓬松，雨打不实，大蒜穿透生长，蒜秆特别长。吃蒜芯大约在二三月。

㉚ 葱，8 月排种，最省力，不需铺草，浇水即可。葱有四季

葱、小葱、大麦葱、香葱等多种，都在8月排。四季葱随时扯，随时重新排种，四季有青葱可食，不扯反而不会长大。

㉛ 韭菜，排种一次，年复一年可割取。割后覆一层炉灰、鸡粪等物，长得好。

㉜ 番茄，4月间种，不宜浇有机肥，会发瘟，适当施复合肥。番茄树尺把长时，用竹子插地，把树绑好，勿使倒伏。开枝后，再插竹子绑一次，累累挂果后不致压断枝杈。

㉝ 芹菜多在10月栽，年边正吃。

㉞ 白萝卜，9月上旬，番薯尚未挖时种下。番薯挖后播种的人，也有，但萝卜个头就要小一些。买来种子，一坑播四五粒，生长上来后看情况适当减株，一坑两三棵为宜。拔掉的萝卜青苗可以吃，用芋子煮或清炒都好。白萝卜到11月可以吃，一直吃到次年正月，正月之后抽芯开花，萝卜也不能吃了。

㉟ 胡萝卜在8月上旬可种。一般整片撒种，不宜过密，否则萝卜个头不大。

㊱ 油菜，9月下旬播种，过一个月，扯秧移栽大田，到3月开花。立夏过后割油菜。晒后扑打，油菜籽再晒三天，干后榨油。百斤菜籽可得三十斤至三十五斤菜油。

㊲ 霜降之后，采山茶籽。剥出晒干榨油，百斤山茶籽可得油二十多斤至三十斤。

㊳ 冬小麦，水田和旱地不一样，旱地是挖了番薯以后播种，水田是等晚稻收割过后，约在10月中旬播种。

紫苏长出叶子，背面是暗紫。

大蒜叶子。

附录 2　留给孩子，就是留给未来

一开始我跟父亲说，2014 年想在老家乡下种一小片田，跟城里人分享大米的时候，父亲惊讶极了。

当我说到一斤大米三十元的价格时，他嘴巴都张大了。

这件事太异想天开了，他觉得这是不可能的事。当然后来他相信了。

因为这个在城市里生活的儿子，不仅自己回来种田，还把城市里的大人和小孩一起带来，几十个人高高兴兴干农活，大家一起插秧，一起割稻；2014 年的国庆节，我们一家人一起，把刚刚收获的一千斤大米仔细地打包、装箱，然后快递送到了全国各地朋友的手中。

在寄快递的时候，收件小哥也是怎么都不信。他问我父亲："你们家的田，是不是含有特别的微量元素，要不然怎么会有人买你们的米？"

父亲笑笑说，是啊，我们种的可不是一般的大米！

我知道，父亲心里自豪着呢。

其实，"父亲的水稻田" 这个项目，不仅是我个人的一项村庄记录行动，更可以视作一个小小的村庄试验项目。从冬到春，从

暮春天气，野竹笋抽出新叶，一年蓬开出白色的小花，是乡村中常见的景色。

春到秋，这一季水稻从种到收，终于得以圆满完结。但是，它给我留下的思考还有很多。

我的父亲

我的父亲高中毕业，他是一个农民。他种了一辈子田。

不知道从什么时候开始，父亲头发慢慢变白了。

父亲一直在乡下生活。我曾想过，要把父亲接到城市来，跟我们住在一起。但是父亲住了两三天就不习惯了。他住不惯高楼，也不喜欢城市里的平淡人情。他无事可做，整天发呆，他说这样下去人都要变傻了。

我知道，种了一辈子田的父亲，是离不开他的土地。

为此，三四年前我还跟父亲生过气，吵了一架。

我经常回到乡下老家，父亲把他种的青菜、萝卜、大米塞进我车子的后备箱。每次都装得满满的。

我们还吵得很厉害。

我对父亲说，等你年纪大了，还不是要跟我们住到一起。在乡下，天远地远，生个小毛小病的，谁来照顾你！你早晚都得适应城市生活啊。

其实那时候我不懂得父亲。父亲是有土地情结的。他有点文化，当过几十年农村电工，现在退休了，还有两千元的退休工资可以领。可是，他的身份终究还是农民，他一辈子都没有离开过土地。他看着自家的一亩三分地荒了，长草了，比谁都着急。

其实，那一点田地，能有多少收成啊？我跟父亲算过一笔账，一年忙到头，也就够自家吃的一点儿。我说，那点粮食，那点水稻，我花点钱就买来了，你愁什么啊？你儿子在大城市里，一年收入十几万，你还怕买不起米吗？

但是父亲说，那不一样的。

我后来知道了，父亲说的“不一样”是什么。

最近二十年，物价飞涨，大家的收入都涨，只有农民的收入没有涨。十年前我是一名机关干部，一年收入只有三万元，现在涨到五倍以上。十年前，一个建筑工地上的小工，一天只有三十块，现在二百块都难招到工。

但是，大米的价格没有涨，农民的收入没有涨。

袁隆平都说，现在种水稻，种子、化肥、农药的价格翻跟头涨价，粮食的价格能涨上去吗？不能。为什么？很简单，如果大米价格卖到七元、十元，城里人受得了吗？这社会能稳定吗？

所以，中国农民永远是生活在最底层的弱势群体。

我的父亲，还有许许多多跟我父亲一样的农民，如果还守着自己的稻田，就会连自己的生存都有困难。

水稻的时光

2013 年冬天，我在众筹网上发起了一个项目，叫“父亲的水稻田”。让我没想到的是，居然反响很大。

那时候，“众筹”这种互联网新鲜事物刚刚兴起，很多人甚至都没有听说过它。简单说，众筹就是你想做一件什么事，把它说出来，看有多少人会被你打动，并且来支持你。如果支持你的人达到一定数量，那么，你就可以去做。

我在城市生活，我知道城市人其实很想吃到真正“纯净”的食物，但是这个愿望很难很难实现。同时，我也想借这件事，挽留我们村庄里即将消逝的传统农耕文化。

我把“父亲的水稻田”的大米价格，定在三十元一斤，天价吗？不是的。我一直认为，正是农耕劳作的价值一直没有得到公正的评估，才会让农民离开土地。

当然，三十元除了一斤大米的回报，还有一些别的“附加值”——比如，通过网络分享稻田全程种植记录，一起见证从一粒种子到一捧大米的过程；分享水稻和农具的相关知识；还有一张父亲亲笔签名的“我们的水稻田”明信片。对于预订十斤以上的支持者，还可以带着孩子一起，来到水稻田感受插秧、收割（费用自理），二十斤以上则还能分享粮食烧酒。

“父亲的水稻田”这个种田项目上线两个月，限量一千斤的大米，就被大家订完了。那些支持者来自全国各地，南到海南海口，北到东北三省，西到贵州遵义，东到东海之滨，而且绝大部分人都是我根本不认识的。

种田，就这样开始了。

早春时候，我带上女儿，和父亲一起去田里用锄头翻地。这块田是“父亲的水稻田”项目实施地，面积不大，只有不到两亩。

我也跟在耕田佬后面，拍他怎么犁、耙、耖，采访记录写了十几页。

5月11日，父亲把稻谷种子浸湿、保温、催芽。到了第三天，谷种冒出了白色的乳芽，然后播种到秧田。一个月后，秧苗长齐了，就可以插秧了，我又在网上发了一个通知，让有兴趣的朋友，

"父亲的水稻田"明信片。
这样安静的稻田，以及村庄，是我非常喜欢的。
明信片的背面，印着每一位支持者的名字。
谢谢每一位。

带上孩子，一起来我们的稻田里体验插秧。

结果，6月14日那一天，从杭州、衢州、常山等地来了三四十位朋友。大家卷起裤腿，兴高采烈地下田。有的孩子从没下过水田，一站到田里就哭了起来。

在整个种植过程中，我尽可能全面地用文字和图片把这过程记录下来，同时，还要把这些文图与大家分享。这个分享的过程本身，也是传播农耕文化的过程。

为此我还建立了一个微信公众号（izhouhuacheng），每次记录的文图我都及时在这个公众平台上给大家推送。这样一个小小的平台，是无意中打开的一扇窗，许许多多城市的人，通过这扇小窗，看见了我们的那一片水稻田。

从耕田、备种、催芽、播种，到插秧、灌溉、除草、抽穗、扬花，再到成熟、收割，我只要有时间，就会从杭州回到老家，在田间观察与记录，然后及时地发到微信平台。

有一次，老天连续大雨，把我们插秧不久的稻田全淹了，大家和我一样忧心忡忡，有的就在微信上询问我会不会有影响；等到三四天后雨停，大水退去，看到水稻没有被淹死之后，大家才放下心来。

我的父亲，我的女儿

父亲用上了智能手机。

我教会了他使用相机、微信以及怎么用家里的WiFi传图片、上网看新闻以及视频聊天。他的微信名字是“稻田大学校长”。

后来他每隔一两天就会把水稻的生长情况拍成照片传给我。稻谷发芽了，秧田水淹了，水稻开花了，需要灌水了，他都会拍下照片告诉我。

开始种田之后，我回老家的频率大大增多。从杭州开车回老家，路上要三个小时。原先大概两个月左右才回一趟老家，种上水稻以后，我几乎每半个月就要回家一趟，有时一个多星期就回去，向父亲了解农事的要点，记录水稻的生长变化。

女儿站在她爷爷身边，看她爷爷挖地。

水淹了稻田的那几天，我每天都会打电话回去，问父亲还在下雨吗。后来大概老天开眼，就把雨停了。田中的水渐渐退去，秧苗重新露出头来呼吸。我们也就顺应天意，让秧苗自然生长。

今年夏天，气候特别凉爽，很多城市人都觉得真不错。8月中旬的一天，我坐在车里打电话回家，却听到父亲叹一口气说，唉，还下雨。

父亲说，久雨不停，稻禾又被淹了半截。这会儿正是大肚、抽穗的关键时节，天气如果不热起来，水稻的收成可就不好了。

不种田，不知道父亲想什么。我一下子觉得不安。

旱了，渴雨；雨了，盼晴。一介农民，几千几百年来，哪一季不是在焦虑与期盼中度过？因为种了这一小片田，我跟父亲贴得更近了。我们曾经那样自以为是，那样心比天高，哪里会像父亲一样，会像农民一样思考问题呢！

女儿和她爷爷一起挖土豆。

女儿和我回到老家，她爷爷认真教她分辨水稻秧苗与杂草，也教她怎么插秧。

父亲告诉我，他小时候，每到农忙时节，整个村的孩子都会出现在田地里。大人会手把手教孩子犁田、耙田、插秧、收割，因为在那时的父辈们看来，种田是一种吃饭的技能，自己的孩子以后也是要靠此为生的，所以一定要掌握得娴熟才行。

父亲还说起他上初中时，我爷爷身体已经不太好，不过他还是会坚持站在田地边，然后让儿子做农活给他看，告诉他哪里做对了，哪里做错了。

父亲曾经也有过跳出农门的想法，但是一辈子，终究没有跳出去，农事和生活的界限是难以分清的。

所以到我这一代，他就寄予希望，让我走出村子，扔掉锄头棒。种田太苦了！我的记忆中，父亲对我农事技艺的要求不再那么高，最重要的事情，就是读书，然后洗脚上田。

到了我的女儿这一代，下田已经是一种娱乐了，每次跟我回乡下老家，正上小学二年级的女儿都特别开心，因为“感觉特别好玩”。因为稻田里的一切，都跟城市里的不一样，在她看来，都是那么新鲜，她喜欢寻找稻田里新奇的昆虫与野花。

城里人的乡村

7 月下旬，中央电视台财经频道的记者专程来到我的家乡，对“父亲的水稻田”整整采访和拍摄了两天。这一片水稻面积不大，

清晨，河面上升起水雾，枫杨树串串的翅果伸向水面。

“待遇”却挺高，小山村第一次被中央媒体关注。节目后来在央视播出，我的父亲以及几位一起到田间干活的我的朋友，也在央视露了一个小脸，大家都很开心。

秋天到来。“父亲的水稻田”终于可以收割了。

10 月 2 日，稻田里又来了三四十位朋友。大家一起扛出沉重的打稻机，一起用镰刀割稻。这些活儿，不要说孩子们，就是很多大人都是没有体验过的。

不过，我也注意到，来参与收割的朋友们，因为技术不过关，经常是割一把，就落下好几穗在田间。父亲等大家散了，在田间耐心地拾稻穗。

只有农民才真正知道——粒粒皆辛苦，粒粒都是汗水凝结而成。那么多艰辛都付出了，终于等来收获，岂肯让稻谷白白地浪费在田间。我想起米勒的油画——《拾麦穗者》。麦穗也好，稻穗也好，我相信拾穗的人其实是在弯腰向土地致谢。

这样的收割活动，是水稻田两次小规模的体验活动之一。那么多来自城市的孩子得以有机会与土地接触，感受劳作的辛苦，也对粮食的种植过程有直接而深刻的感受。这两次活动，大人也好，小孩也好，反馈都很不错，觉得“实在太有意义了”。

稻谷收割后，我们用了三天时间晒干，然后送到村里的碾坊去碾磨。白白的大米捧在手中，每一粒都珍贵极了。

在长假的最后几天，我和家人一起，把大米细致地包装好，送到快递点，寄给全国各地的朋友们。

朋友们收到后，跟我说：“是的，这就是小时候的米的味道！”

还有朋友说：“孩子今天吃饭吃得特别用心，从来没这么认真地吃过饭，把每一粒饭都吃掉了。”

也有朋友说：“今天我吃了一碗白饭。真香。”

我把这些朋友的话，都跟我父亲说了。当然，父亲也非常开心。

现在回过头来想一想，当初“不切实际”又带着“天真”的想法，加上许许多多天遥地远的朋友们的精神鼓励与实际支持，使我把这件事情做了下来。当然，我很庆幸把这件事情做下来了。

我为此感到自豪。

现在，我把《下田：写给城市的稻米书》这本书写完了。这本书的写作，是为父亲，也为村庄；是为城市，为孩子，更是为未来。

我想让父辈的汗水洒得更有价值，也想让农民这个身份更有尊严。如果说还有更遥远的梦想的话，就是想让村庄里的年轻人，不以当农民为耻，而以做农民为荣。我不愿意让我们的田园从此荒芜，就算不可避免如此，我也希望能让它晚一天荒芜。

支持过“父亲的水稻田”首季众筹计划的朋友名单

我一定要把他们的名字记在这里。因为有他们，才有这片水稻田。他们是：

米卢（广东东莞）
安麒麟（北京朝阳区）
王彬（河北廊坊）
温馨（北京丰台区）
陈立山（广州）
王继星（福建厦门）
王艳（浙江杭州）
白雪松（北京东城区）
陈雨菲（北京朝阳区）
金明娣（浙江杭州）
钟奕（浙江杭州）
曾庆波（海南海口）
石琳（北京丰台区）
孙祥杰（北京市海淀区）
徐青（浙江杭州）
陈珍颜（福建厦门）
王峰（江苏南京）
郭静（浙江杭州）
张照悦（辽宁大连）
赵健（北京石景山区）
刘晋（广州）
沈旭丹（浙江湖州）
蔡云（辽宁大连）
何冰（贵州遵义）
陈与思（北京朝阳区）
翟文思（河南驻马店）
赵瑾（北京朝阳区）
余慧（浙江杭州）
芦芳（上海金山区）
刘泽民（湖北武汉）
李昉贇（浙江杭州）
顾吟（北京朝阳区）
韩斌（浙江杭州）
杨海云（四川成都）

翟莹（北京朝阳区）
邹婕羽（浙江宁波）
陈冠南（上海徐汇区）
韩铭（浙江杭州）
王建国（北京朝阳区）
鲁怀玉（浙江杭州）
庄小琴（浙江杭州）
周华民（浙江杭州）
叶慧（浙江杭州）
王晓琳（浙江杭州）
章衣萍（浙江杭州）
王燕（浙江杭州）
江南大道（浙江杭州）
安安静（浙江杭州）
韩铭（浙江杭州）
吴玉快（浙江衢州）
刘更（浙江杭州）

白永红（陕西商洛）
陈宏飞（北京东城区）
巫雪峰（浙江杭州）
刘燕（甘肃兰州）
邱仙萍（浙江杭州）
徐晓（浙江杭州）
周华飞（浙江绍兴）
桑明颖（四川绵阳）
吴卓平（浙江杭州）
徐骏（浙江衢州）
李燕（四川成都）
何欣（浙江杭州）
零慧（北京西城区）
严峥（浙江杭州）
祝磊娟（浙江金华）
李南（北京朝阳区）
曹晓波（浙江杭州）

此外还要特别感谢米袋子的设计者：黑兔。

支持过“父亲的水稻田”第二季众筹计划的朋友名单

傅莉（浙江杭州）
阿研（江苏南京）
王彬斌（浙江杭州）
郑国芬（浙江萧山）
盛开爸爸（浙江杭州）
张慧（安徽合肥）
许如磊（浙江杭州）
傅拥军（浙江杭州）
张建（四川成都）
刘仲晖（浙江杭州）
俞光明（广东深圳）
孟焕良（浙江杭州）
胡研（广东广州）
裘璟（浙江杭州）
章衣萍（浙江杭州）
谢丽洁（浙江杭州）
金明娣（浙江杭州）
严峥（浙江杭州）
王英翔（浙江杭州）

傅佳怡（上海）
黄洁杰（浙江杭州）
白永红（陕西商洛）
章玉玲（浙江杭州）
王丽娟（浙江杭州）
张秀芳（山东青岛）
桑明颖（四川绵阳）
姚金梅（浙江杭州）
沐琳君（浙江杭州）
巫雪峰（浙江杭州）
詹卫红（上海）
朱钰芳（浙江杭州）
沈彬（浙江杭州）
冯飒（北京朝阳区）
陈丽明（浙江杭州）
王嘟嘟（浙江杭州）
李江（浙江杭州）
徐澜（浙江杭州）
陈凤琴（浙江宁波）

盛争朝（浙江杭州）
樊璐茜（浙江杭州）
韩铭（浙江杭州）
庞晓丽（山东临沂）
周春燕（浙江杭州）
李名生（浙江杭州）
何哲明（浙江杭州）
薛敏秀（广东深圳）
许婷婷（广西南宁）
应宝娜（浙江杭州）
郭玮（北京石景山区）
大简（山东青岛）
胡晓莉（浙江杭州）
詹雪琼（浙江衢州）
陈宏飞（北京东城区）
沈佩云（浙江杭州）
严峰（浙江杭州）
俞翔（浙江杭州）
高颖（浙江杭州）
孟晓华（浙江杭州）
金晓琼（浙江杭州）
郭婧（浙江杭州）
李有道（湖南长沙）
立风（浙江温州）

并感谢四位无私支持未留姓名的朋友！